문학과지성 시인선 454

히스테리아

김이듬 시집

문학과지성사

문학과지성사에서 펴낸 김이듬의 시집

명랑하라 팜 파탈(2007)
말할 수 없는 애인(2011)

문학과지성 시인선 454

히스테리아

초판 1쇄 발행 2014년 8월 11일
초판 13쇄 발행 2024년 3월 27일

지 은 이 김이듬
펴 낸 이 이광호
펴 낸 곳 ㈜문학과지성사

등록번호 제1993-000098호
주   소 04034 서울 마포구 잔다리로7길 18(서교동 377-20)
전   화 02)338-7224
팩   스 02)323-4180(편집) 02)338-7221(영업)
전자우편 moonji@moonji.com
홈페이지 www.moonji.com

ⓒ 김이듬, 2014. Printed in Seoul, Korea

ISBN 978-89-320-2648-0 03810

지은이는 2014년도 서울문화재단 창작지원금을 수혜했습니다.

문학과지성 시인선 454

히스테리아

김이듬

2014

시인의 말

우울, 몽상, 슬픔
그리고 광기 같은 게 불러주었으나

떠돌았으니

원주, 증평, 담양
그 숨은 빛의 통로들
없었다면 받아 적지 못했을 것이다.

외로운 일,
감사하다.

2014년 여름
김이듬

히스테리아

차례

1부

사과 없어요

아 어쩐다, 다른 게 나왔으니, 주문한 음식보다 비싼 게 나왔으니, 아 어쩐다, 짜장면 시켰는데 삼선짜장면이 나왔으니, 이봐요, 그냥 짜장면 시켰는데요, 아뇨, 손님이 삼선짜장면이라고 말했잖아요, 아 어쩐다, 주인을 불러 바꿔달라고 할까, 아 어쩐다, 그러면 이 종업원이 꾸지람 듣겠지, 어쩌면 급료에서 삼선짜장면 값만큼 깎이겠지, 급기야 쫓겨날지도 몰라, 아아 어쩐다, 미안하다고 하면 이대로 먹을 텐데, 단무지도 갖다 주지 않고, 아아 사과하면 괜찮다고 할 텐데, 아아 미안하다 말해서 용서받기는커녕 몽땅 뒤집어쓴 적 있는 나로서는, 아아, 아아, 싸우기 귀찮아서 잘못했다고 말하고는 제거되고 추방된 나로서는, 아아 어쩐다, 쟤 입장을 모르는 바 아니고, 그래 내가 잘못 발음했을지 몰라, 아아 어쩐다, 전복도 다진 야채도 싫은데

아우라보다 아오리

벗나무 아래 사과 놓고 노파
조시나 죽으셨나
엉덩이가 바닥에 닿을락말락
덧없는 간극
덤불 부스러기 줄 하나
사도 그만 안 사도 그만

갈 데가 없어
타는 버스
한내1길발 111번
한 노선밖에
타도 그만이고 안 타도 그만

맨 뒷자리 창에 기대어 비스듬히
바라보는 오래된 취미
어쩐지 나는 무호흡의 깊은 잠을

내린 곳은 신의주 시내

수영복이 든 비닐 가방을 들고 누구를 기다리는 나
손 흔들며 오는 남자
희미한 얼굴 번져나가는 살결, 햇살이 혀끝으로
그를 핥고

아마 우리는 아주 평범한 연인 사이
수줍고 어색하게
풀장도 가고 포옹도 하는

눈을 뜨네 나는
아우라가 사라지네
운전기사 쪽으로 굴러가는 푸른
아오리 가망 없는 도망
깨어난 나는 데스데모나 팥쥐 애너벨 리 살아난
바리데기
현실은 꿈 없는 예외적 시간
사라진 방앗간에서 불어오는 고추 마르는 냄새

피의 10일간

그 섬에 가서 돼지를 잡자
우물가에서 돼지 잡아
넘쳐흐르는 내장까지 나눠 먹자 했죠
천일염도 한 포대씩 받아 오자 했죠

그 친구 죽고 나면 그 돼지 누가 잡아 따듯한 콩
팥을 나눠줄까요
하늘 높이 올라가는 방광을 주세요

당신은 번역하고 해석하느라 약속을 잊으셨지요

얘기해주세요
그날이 어땠는지
누가 어떻게 종지부를 찍었는지
백범도 육당도 몰라요
당신이 말해줘요 직접 본 사람들은 입을 다물고
늙어 죽어갑니다

나는 요즘 애
영어가 급하죠 참는 건 아니에요
재떨이가 담뱃불을
도마가 칼을 견딘다 비약하지 마세요

이 날짜에 비상해지죠
가장 민감하게 반응하는데 필요 없는 물건도 훔치
고 싶어요
팬티 내리고 생리대를 똑바로 놓지만
뛰어다니는 날엔 이게 다 무슨 소용인가 싶어요

피의 일주일이 지나면 피임 날짜나 세는 요새 젊
은것들이라서
당신은 고향에 내려졌던 비상계엄령에 관해 우물
과 시장에 관해 말하지 않나요
나는 보챕니다

불타는 파출소 옆에서
자궁을 꺼내 하늘 높이 차올리고 싶은 날이니까요

데드볼

나빴던 적이 없습니다 나는
모가 난 순간도 없습니다
커브를 그리거나 직구로 가거나
묵직하게 굴러갈 때도
누군가를 해칠 의도가 없었습니다

다친 후 벤치에 앉아 있는 후보 선수처럼
실밥 아래 상처가 있어도
부르면 두말없이 살아납니다

손가락 끝으로 쥘 때도
몸 깊숙이 누군가를 맞힐 때에도
나는 당신의 확장된 몸
깨달을 수 없는 나의 진심

나를 죽은 공이라고 부르지 마세요
전력으로 날아갑니다 나는 바로 그 지점
당신의 온몸이 우주의 한 점으로 모여 마주치는

찰나

　담장을 넘어
　두꺼운 바람을 가르며 날아갑니다
　붉은 실밥 사이로 날개를 꺼냅니다
　터지는 환호성과 탄식으로 뒤범벅된 주말의 그라
운드를 지나
　전광판이 없는 시간 속으로
　해변의 조약돌처럼 반짝거리며 시간의 잔물결 너
머로

파수

윗입술 아랫입술
아귀가 맞는 네 말
뭐하러 다시 돌아왔니

우리는 불판 앞에서 소주를 마신다
끝끝내 벌어지지 않는 조개를 불판 위에서 젓가락
으로 집어 올려
억지로 벌릴 때
난 이미 죽었음을 과묵하게 받아들여야 했다

어둠이 오면 밝아지는 너
주변이 잠잠해지는 순간에 깨어나는 너
시련이나 고통을 환대하는 너
너는 평범하다

번복 없이 꽃잎들은 피고
다툼 없이 나뭇잎이 제자리에서 자라는 신비로
말미암아

우리의 엄살과 내숭은 아귀가 맞다

나보다 더 아프고 병든 사람이 다가오지 못하게
의자를 지킨다
희소성이 중요하다 떠난 이나 죽은 이는 돌아오지
못하게 가능한 빨리 묻거나 태워야 한다
이제 자신보다 무능력한 사람들만 들어오게끔
이 구역의 출입을 통제한다

떠났다 돌아오면 뭔가 달라져 있을 줄 알았어
근데 뭐하러 돌아왔니
모든 기억과 모든 추억은 실수로 귀결된다

늙고 병든 이민자들이 돌아오지 못하는 게 아니다
돌아오지 않는 거다

죽은 이들도 돌아올 수 있지만 안 오는 거다
쓸데없고 주체할 수도 없는 능력 때문에

겸연쩍고 무안하고 폐가 될까 봐 네 방을 노크할
수 없는 거다
추방이라고 말하긴 뭐하지만
환송 파티에 마지막 의례까지 마친 마당에

어둠의 선물

어둠은 노래를 선물한다
그림자는 뾰족한 부분을 가지고 있다
뾰족하고 갸름한 형태로 지상에 한순간 퉁명스레
엎드린다
상냥한 바람일수록 촛불은 잘 사윈다
너의 그림자가 내 마음을 찌른다
사라질 수척함이여

어두운 강을 따라 걸어갈 때
누군가 지나간 유행가를 불렀다
그렇게 어두운 건 아니라는 듯이
그렇게 늦은 밤이 아니라는 듯이
우리 모두는 노래하고 싶어졌다
어두웠기 때문에
촛농이 심지를 덮은 후에도

못

엉클 톰의 오두막이 이렇게 생겼을까 나는 친구 집으로 피신해 왔다 청천 시골에 있는 송판으로 지은 집

나는 할 만큼 했고 부모는 나를 키우는 동안 모든 보상을 받았다

친구는 친구의 친구 삼촌이 창고 가득 모아둔 송판을 날라다 이 집을 지었다 그 아저씨는 죽어라고 일만 하다 길에서 죽었다 수입 물품을 취급하는 일을 했던 모양인데 포장용 나무 궤짝을 모조리 집으로 가져가 못을 빼고 닦아 크기대로 분류해서 창고가 넘치도록 쌓아두었던 것이다 아무 취미도 없이 퇴근하면 못을 빼고 휴일에도 못을 빼고 달밤에도 못 뺐다고 한다

그 아저씨 손발에 가득했을 못들은 다 어디로 흩어졌을까 접촉이 없으면 못도 없겠지 그는 제주 출

장길에 참변을 당해 애 터지게 그르모은 송판 한 장 써보지도 못한 채 죽었다고 한다

　나는 소나무 향기가 진동하는 오두막에서 빨간 우산 도장이 찍혀 있는 나무판자들을 만져본다 내 할머니가 죽은 후 열어본 장롱 서랍 안에 가지런했던 새 옷들처럼 까칠까칠하다 왜 할머니는 그 좋은 옷 다 놔둔 채 누추한 옷만 입다 돌아가셨을까

　나는 할 만큼 했다 내 부모는 고집스런 나의 못을 빼는 재미를 누렸을 것이다 나름의 좋은 대못을 박아 뭔가 만들어보려고도 했을 것이다 나 때문에 시간 가는 줄 모르고 도를 닦았으므로 지금 나에게 더 이상의 기대와 요구를 하는 건 무리다

　매트리스 위에서 뒤척이기만 해도 세 평 크기의 아담한 집 자체가 흔들린다 못이 있어서 목숨이 붙어 있는 사물들 그리고 고라니 울음소리 다시 달밤

이 뒤흔들린다 달이 액자처럼 흔들린다 친구는 코를 골며 반쯤 뜬눈으로 자고 장이 멀다는 핑계로 내일 아침밥도 굶을 것이다 개밥은 챙겨야지

벽면 판때기에 귀여운 빨간 우산은 유통 도중 비를 맞히지 말라는 표시고 숨을 쉬라고 이 구멍들을 뚫어놓은 건가 왠지 숨 갑갑하다 가슴에 오목하게 팬 작은 못에서 드디어 피라미만 하게 놀던 내 영혼이 말라 죽나 보다

장물아비

다리를 다쳐 며칠째 누워 있다 며칠 내내 비 내리는데 나는 약 머금고 눈을 감는다 깊은 밤 누군가 내 침대를 민다 가만히 태연하게 출렁출렁 침대가 움직인다 물결 위를 떠간다 소리 없이 작고 검은 새들이 내 이마 위를 난다 나는 흘러간다 주변으로 짙은 회색에 가까운 푸르스름한 안개가 번져간다

나는 어딘가로 팔려가고 있나 보다 검붉게 탄 뗏목에 실려 가는 기분이다 그동안 나는 장물에 손대었다 내 것이 아닌 불필요한 것을 갖고 싶어 했다 무슨 협회의 대머리에게서 모피 목도리와 백단향을 받은 게 여간 마음에 걸리는 게 아니다 실수로 쏟은 향수에 정신을 잃었다 누군가 총부리를 내 머리에 겨누고 있다 이 배는 잔물결 위를 순조롭게 떠간다 나는 목발을 쥔 채 노 저을 준비를 하고 있다 어찌됐든 병원을 떠날 수 있어서 다행이다

권할 수 없는 기쁨

내 친구는 스피드광
오토바이 레이싱을 즐기는 사람
그런 그가 사고를 당했다
지리산을 한 바퀴 돌아 나한테 놀러 오겠다더니
자동차를 들이받아 오토바이는 박살났지만
자기 몸은 전혀 다치지 않았다며 껄껄 웃는다
하늘로 붕 날아오르는데 그물 같은 게 받쳐주는
것 같았다며
타고난 바이커란다

전화 끊고 저수지 주변을 서성거린다
수위를 조절할 수 있으면서도 열렬히
그런 건 없을까 피로 물든 바위틈
고원의 당나귀든 상인의 낙타든 모래알에 이르도
록 걸으리
묵직하게 새 한 마리 날아오른다
검은 얼음판 위에 앉아 있던 새
날개가 있는 슬픔

퇴화한 다리 아래

높은 곳으로 떨어져 죽어가는 예감

날 수 있어서

날아야 하니까

버려지지 않는 능력 때문에

눈뜨자마자

눈 뜨자마자 뛰어내렸어
급히 신발 구겨 신고
배낭을 끌어안고

곧바로 떠나가는 기차 꽁무니를 물끄러미
아뿔싸, 내 카메라 백
조심스레 열차 침대 아래 밀어 넣어둔

번쩍하고, 순식간에 터지는 이것은
눈앞이 캄캄할 정도로 선명해지는 이것은
아, 잃어버린 것들

아마도 내 안에는 먹통 플래시가 있어서
대상을 놓친 순간 펑, 작동하나 봐

눈 뜨자마자 뛰고 눈 뜨자마자 사진을 찍고 이를
갈기도 했지 눈 뜨자마자 밥숟가락 쥐고 전화를 받
고 울음을 터뜨리기도 했어 한때는 눈 뜨자마자 입

맞추고 가슴을 비벼대며 설명해줘요 내게, 사랑!* 발음하기도 했지만 성에 눈뜨는 게 사랑을 느끼는 건 아니잖아

눈 뜨자마자 죽은 아기가 있었지
눈을 뜨는 바람에 나는 고유한 걸 잃어버린 것 같아
우물쭈물하는 사이
검표원이 나를 쏘아보고
사랑에 눈뜨기 전에 돈맛에 완전히 눈뜬 소녀처럼
나는 웃었지 어디든
어슴푸레한 개찰구를 빠져나가자마자 나는
현지 화폐로 바뀌는 것 같아

* 잉게보르크 바하만

전위

왜 여기서만 만날까
누가 우리를 풀었나
나는 탐지견
경수로 안의 실험용 쥐
살 수 있는지 알아보려고
날려 보낸 새

가수는 노래처럼 살게 되고
시는 시인을 몰고 간다 해도
안다고 해도 바꿀 수 없는 경로들
앎이 만든 핏자국

위험한데 비명을 지르지 않아서
여기가 아니라고 울부짖지 않아서
우리가 터지지 않아
따라오던 아이들이 다 죽은 날

우리의 인내는 협상이 되고

상호 거래를 위해 은밀히 조직된 대원들이
선두에 섰다
남다르다는 건 무슨 말일까

여파

외할머니가 죽자 보름도 지나지 않아 외할아버지
도 따라가셨다
금슬이 남달랐든
나 때문이든
외가에 얹히는 게 싫었다
할머니가 마당에서 김장 배추 절일 때
지붕 위로 올라가 바라보던 들판
너머 먼 곳으로
구름 속에서 들린다
이 불쌍한 것
그렇게 부르지 좀 마세요
세수를 하는데 코피가 났다
피 한 방울 번지는 게 보기 싫었다
세숫대야 던져놓고
멈추지 않는 기침을
폐결핵 증세가 보이니까 가래를 받아 오라고 했다
잘 먹어야 한다며 의사가 웃는다
마루에 떠다니던 바이러스들이

대기에 가득한 불쌍한 것 내 새끼 불쌍한 것 그
음성

다 사라진 줄 알았는데

나한테 들어왔다

저기 환자분

이렇게 부르는 게 우스웠다

나만 특별하다는 생각을 버렸다

어마어마한 보균자들처럼

자기가 어떤 가능성을 가졌는지 모르는 채 사는

행운이 살짝 비껴갔을 뿐

발병했을 뿐

교정

자세를 바꿀 수 있다
필요하다면
하지만 혀가 낀 지퍼는 올리든 내리든 해야 하잖아
옆집 아저씨 또 서두른다

위턱과 아래턱을 맞출 수 있다
심각하게 아래턱을 내밀 수 있다

이 아침 안개가 사라지면 저 아래 공사 현장이 보
일 것이다

사람들을 내쫓은 후 방치해놓은 복덕방 미용실
깨진 유리창으로 흘러넘치는 오물과 벌레 들
살찐 쥐들의 행로를 바꿀 수 있다

다시 돌아오지 못하는 사람들에게
말과 다르게 움직이는 시인들에게
편지를 쓸 수 있다

철거 구역 골목길을 두리번거리며 오르는 코를
쥐고 쓰레기를 뒤집어보는 나는 무엇을 잃어버린
것일까

피와 고름의 시간
할 예정이라는 말
겪지 않고도 겪은 것처럼 쓰는 재주에 관해
수천만 원 상금이야 뭐, 지면과 인기 포털사이트
원고료와 각종 심사비, 특강비 등 독식은 아니잖아
가난한 시인의 태도로 웃는 천진하고 아픈 친구에게
흥분하여 날뛰는 꼴을 보인
나를 교정해야 한다

더 심하게 찌그러질 수 있다
자세를 교정하는 것은 양약 수술보다 돈이 덜 들고
문장을 바꾸는 것은 척추만 굽히면 된다

이봐! 창문에 부딪쳐 죽는 멍청한 방울새들 때문에
유리창 청소부를 해고할 수는 없잖아

한밤중 이웃집 문을 거칠게 두드리면
어서 들어오시게
모두가 반겨준다
사채 이자를 갚으러 갔을 때처럼
모든 문들이 홈씬홈씬 벌어진다

장갑의 밤

사랑에 빠질 때마다 장갑을 선물하는 경향이 있어 그건 잃어버리기 쉬우니까 지금 난 장갑 한 짝을 찾으러 가는 길이야 검정색 모직 장갑 장식이 없는 낡은 그 장갑을 어디 떨어뜨렸는지 알아 오늘 난 아주 잠시 외출했거든 부드러운 눈길을 걸어 저녁 모서리 골목 끝 국숫집에 갔거든 바지락조개가 든 그릇 바닥에는 모래가 있었어 반짝이는 보석도 있었지

가는 길은 얼었고 없던 비탈이 생겼네 바람은 전혀 불지 않아 국숫집 바닥에서 내 검은 장갑 한 짝이 조금 젖어가겠지 하지만 어제가 아니었을까 오늘 나는 저녁을 거른 채 오래된 노래를 듣고 있지 않았던가 골목 끝 국숫집은 사라졌네 이전했다는 안내문조차 없어

사랑에 빠질 때마다 나의 기억은 바뀌고 부드러웠던 길은 파여가네 곁에 그가 건네 보이지 않게 엉덩이는 자꾸 신성해지려 하고 누가 만져도 흔들고 싶지 않아 내 몸에 그을린 그가 내 손목을 흔들며 사라지면 밤은 언 손처럼 나를 끼네

세상에서 제일 잘생긴 칼갈이

(가방에서 식칼을 꺼낸다, 사내, 잘생겼다, 칼을 허
공에 던졌다가 손바닥으로 받는다)
자 보셨죠
지금 이 칼은 세상에서 가장 무딘 칼이지만
이 칼갈이를 한 번 스치기만 하면
(칼을 서툴게 칼갈이에 간다)
아, 잠시만요
(땀을 훔치며 우물쭈물 품에서 종이를 꺼낸 사내가
칼로 종이를 벤다)
이 다이아몬드칼갈이에 대해 말씀 드리자면 세상
의 어떤 칼이든……

자갈치 역이다
내려야 한다
마수걸이 같은데 사줄까 말까
아 씨발 안 내릴 거면 비켜요 빨리
지금 내 곁을 스친 사람들은 내 가슴의 숫돌에 날
카로워진다

36

저번에 나를 안은 사람도
오피스텔 엘리베이터에서 기습 키스했던 사람도
순식간에 제대로 날이 섰나 보다
나는 나무랄 데 없었는데

내 입술 안쪽 사포에 빤질빤질한 칼갈이에 갈려
되돌아간 혀들은 모두 비수를 토해낸다

난초를 더 주세요

엄마가 떠날 때 내가 엄마를 불렀을 때 그녀는 트 렁크를 들고 현관문을 여는 찰나였다 이 층 계단에 서 나는 뛰어 내려왔다 넘어졌다 몇 계단을 구르고 보니 동네 도랑가에 있었다 내 이마에는 그때 생긴 흉터가 있다 웃기지 마라 트라우마는 없다 비상구다 평소에는 앞머리로 커튼처럼 가리고 다니지만 기분 좋은 날엔 향기로운 동양란처럼 생긴 흉터를 밀고 내 마음의 정원으로 들어간다 그곳에서 엄마는 히 아신스를 만지고 있다 그녀는 외국 물건을 좋아했다 우리는 같이 파랑새를 부르고 장미과자를 먹고 들장 미 덤불을 손질한다 비 오는 밤 죽은 엄마가 내 이 마를 쓰다듬고 내 이마로 잠입하는 순간 나는 신열 이 나서 아름답고 몽환적인 자장가를 듣는다

모르는 기쁨

해운대 바다야, 아니 바다 아니고 바닷가야. 작은 여자가 자기 머리칼을 한 묶음 손으로 쥔 채 몸을 숙이고 모래밭에서 한참 동안 뭔가를 찾고 있어. 그녀에게 뭘 그리 열심히 찾고 있냐고 물어보았지. 몰라도 된다고 하네. 나는 그녀가 그 백사장에서 썩어서 하얗게 바랜 애인의 유해를 찾고 있는 거라고 생각했어.

어리둥절해지는 순간에, 뭐하러 손가락으로 모래 위에 적고 있나, 몰라도 된다고 나는 내게 말하지. 내 생각의 절반 이상은 몰라도 되는 생각, 억지스런 상상. 난 눈을 질끈 감아보지. 보이지, 캄캄한 심해의 눈 없는 물고기처럼 비로소 나는 활발해지지. 죽은 나의 사람들이 지하 언덕에서 지느러미로 춤추며 나를 건드려. 나는 출렁거리지. 돌멩이도 노래하고 저녁도 낄낄거리네. 멈추지 않는 슬픔, 검은 파도, 도저히 볼 수 없는 사람들을 사랑해. 금이 간 찻잔 같은 얼굴로 나는 웃고 있겠어.

변신

나는 변하겠다
아무도 나를 못 알아보게
뼈를 톱으로 갈 때는 아프겠지
아픈 건 아포리즘만큼 싫다
성형 전문의가 검정 펜으로 여자 얼굴에 직선 곡
선을 그은 사진이
버스 손잡이 앞에 있다
전후의 사람이 동일인이라면
나도 하고 싶다

손님에게만 화장실 열쇠를 주는 카페가 싫다
수만 마리 구더기가 되어 주방을 허옇게 뒤덮고
싶다

나는 긴 목을 더 길게 빼고 들어가서 눕는다
목에서 허리에서 뼈 부러지는 살벌한 소리
내장을 터뜨리려는 듯 주무르다 압박
위는 딱딱하고 장은 다른 사람에 비해 아주 짧습

니다

　맹인 안마사의 부모는 젖소를 키웠다고 한다

　형편이 어렵지 않았다는 뜻이겠지

　나와 동갑에 미혼

　고3 때부터 나빠지기 시작한 시력으로 이젠 거의
형체만 어슴푸레 보인다는 말을

　왜 내가 길게 들어주어야 하나

　인생 고백이 싫다

　시력 대신 다른 감각이 발달되었다는 말을 믿어주
어야 하나

　그의 눈앞에서 나는 손을 흔들어보고 혓바닥을
날름거려보지만

　웃지 않는 사람

　자신의 굽은 등을 어쩔 수 없는

　논산에서 순천 가는 길의 서른 개도 넘는 터널에
짜증낼 수 없는

　언제나 캄캄할 낮과 대낮

들쭉날쭉하는 내가 싫다

이미 누군가 다 말해버렸다 쓸 게 없다
가슴이 아프다
작아서

금천동 사거리 금요일 저녁 봄날
아무도 안 오는데 명성은 무슨
명성부동산 위층 명성지압원 간이침대에 엎드린
신세
잠들면 어딜 만질지 모르니까 정신 차리고
시를 쓴다
(화분에 씨를 심고 뭐가 될지 모르는 씨앗을 심고
흙에다 눈물을 떨어뜨려요
눈물로만 물을 주겠어요 그런데 씨가 그러길 바랄까
요,까지 쓰는데)

뭐합니까 돌아누우세요

씨알도 안 먹힐 시도 되지 않고

야하게 꾸며 나가고 싶은 저녁이 간다

지압사에게 나를 넘긴다

눈멀어가는 남자가 인생에 복수하듯 나를 때리고

비틀고 주무른다 이러다

변신은 못 하고 병신 되는 거 아닐까

운석이 쏟아지는 밤에

우리 동네에 운석이 떨어졌다
　길 건너 파프리카 농장으로 날아온 운석이 수도
관을 터뜨렸다고
　흥분을 감추지 못한 채 앵커가 보도했다
　그 남자는 위층에 산다

　다음 날도 근처에서 운석을 발견한 사람이 있다는
뉴스가 나왔다
　그저 꺼무스레하고 흉한 돌덩이였다
　흙 한 삽 떠놓고 넋을 잃었던 사람들이
　야산으로 계곡으로 흩어졌다
　외지 사람이 찾은 세번째 운석을 놓고 산등성이
주인하고 실랑이가 벌어져 법정으로 갔다는 소문이
들렸다
　트랙터가 움직이지 않고 아이들까지 돌멩이를 주
웠다가 살펴본 후 버렸다
　봄 가뭄이 계속되었다

네번째 운석이 마을 개울에서 발견되던 날 아침

대기권에서 낙하한 유성체 파편이 내 머리에 박
혔다 나는 비틀거리며 주저앉아 검찰이 시키는 대로
검찰청 홈페이지에 접속하여 해당 공소장을 확인하
고 보안카드 내역을 입력했다 불타는 행성처럼 만신
이 뜨거웠다 두 시간 넘는 힘겨운 통화 후에 대포통
장 피의자 혐의에서 풀려났다

사건신고서를 썼다 보이스피싱에 낚이는 사람이
바보라고 이해가 안 된다며 혀를 차는 사람들 속에서

나는 땅을 보고 걷는다

내 곁에 황금이 내려와도 축구공만 한 운석이 떨
어져도 나는 모른다

들소처럼 밟고 지나가겠지

그 며칠의 햇빛은 나를 조롱하고

날린 돈이면 오로라도 볼 텐데

별이 빛나는 밤이 계속되었다 그리하여 이렇게 소

름이 도는 동안

운석도 날벼락도 지속적으로 떨어질 것이다

2부

히스테리아

　이 인간을 물어뜯고 싶다 달리는 지하철 안에서
널 물어뜯어 죽일 수 있다면 야 어딜 만져 야야 손
저리 치워 곧 나는 찢어진다 찢어질 것 같다 발작하
며 울부짖으려다 손으로 아랫배를 꽉 누른다 심호흡
한다 만지지 마 제발 기대지 말라고 신경질 나게 왜
이래 팽팽해진 가죽을 찢고 여우든 늑대든 튀어나오
려고 한다 피가 흐르는데 핏자국이 달무리처럼 푸른
시트로 번져가는데 본능이라니 보름달 때문이라니
조용히 해라 진리를 말하는 자여 진리를 알거든 너
만 알고 있어라 더러운 인간들의 복음 주기적인 출
혈과 복통 나는 멈추지 않는데 복잡해죽겠는데 안
으로 안으로 들어오려는 인간들 나는 말이야 인사
이더잖아 아웃사이더가 아냐 넌 자면서도 중얼거리
네 갑작스런 출혈인데 피 흐르는데 반복적으로 열렸
다 닫혔다 하는 큰 문이 달린 세계 이동하다 반복적
으로 멈추는 바퀴 바뀌지 않는 노선 벗어나야 하는
데 나가야 하는데 대형 생리대가 필요해요 곯아떨어
진 이 인간을 어떻게 하나 내 외투 안으로 손을 넣

고 갈겨쓴 편지를 읽듯 잠꼬대까지 하는 이 죽일 놈
을 한 방 갈기고 싶은데 이놈의 애인을 어떻게 하나
덥석 목덜미를 물고 뛰어내릴 수 있다면 갈기를 휘
날리며 한밤의 철도 위를 내달릴 수 있다면 달이 뜬
붉은 해안으로 그 흐르는 모래사장 시원한 우물 옆
으로 가서 너를 내려놓을 수 있다면

너라는 미신

숲으로 엠티 왔네 이름도 거시기한 반성수목원*으로 같은 길을 가는 동료들과 함께

변을 비비는 아버지를 두고

퍼지는 햇살 아래 가족처럼 둘러앉아 먹고 마시네 먹을 게 넘쳐나네 신비한 숲속의 향연이 따로 없네 저만치서 걸어오는 그가 어디선가 본 듯한 그가 히죽히죽 어슬렁거리던 그가 내게 다가오네 먹다 남은 음식 좀 달라고 하네 연신 손바닥을 비비네

흠뻑 변을 비비는 아버지를 두고 왔네 혼자서 칠갑하고 있겠지

먹던 도시락을 건네네 방울토마토 굴러가네 마시려던 맥주병도 던져 주었지 내 곁에 쭈그려 앉은 그가 추잡한 옷차림의 그가 여기저기 버려둔 떡이며 찌꺼기 같은 걸 갈퀴 같은 손으로 끌어와 입으로 주

머니로 쑤셔 넣는 그가 게걸스럽고 무례하고 추레한
또 뭐라고 할까 그래 인간도 아니다 수치심을 이긴
죽음을 극복하는 허기 불멸하는 궁기 그리하여 인
간을 넘어서는

　신이다 신이 오셨다

　걸신도 되지 못한 아버지를 두고 왔다 자꾸 미끄
러지는 턱받이를 하고 음식을 토하는 어린애를 혼자
두고 왔다 반성수목원으로 동료들과 섞이려고 반성
은커녕 식물이 되어가는 아버지를 어이, 알거지병신
새끼라 부르고 싶은 하루아침에 나타난 아버지가 고
이 기저귀에 똥 싸면 될 것을 엉덩이로 비비고 뭉개
온몸에 처바르면 내가 곁에서 오래 닦고 치워야 하
니까 어디 도망 못 가라고 날 미치게 하려고 바꾸려
고 수련시키려고 그러는 건 아닐 텐데

　동료들이 또 웃네 내게 손가락질하네 넌 왜 만날

따로 있어? 그렇게 잘났어? 거기가 좋아? 둘이 제법
잘 어울려

　동료든 아버지든 내 가슴속에서 도려내고 싶은 구
역질 나는 미신 엉덩이 털고 일어나 나는 풀밭으로
뛰어간다 푸닥거리하듯 떡과 밥 사이로 쓰레기 오물
과 웃으며 뒤집어지는 사람들과 배불러죽겠는 사람
들과 걸신과 환자 사이로 펄쩍펄쩍 넘어 다닌다 얼
추 미친년처럼

　* 경상남도 진주시 이반성면 대천리 소재.

만년청춘

매년 이맘때면 터지는 폭죽 소리 환호하는 사람들
발산하고 발작하고 발화하고 발포하고 발을 굴러요
실신할 때까지 그러고 싶으면

귀를 막아도 들리고 눈을 감아도 훤하다면 갈등
도 없이 가고 있다면 축제는 돌아오고 장사는 끝날
줄 모르고 확성기는 꺼질 줄 모르고 아무리 소리 질
러도

네가 그들과 같이 간다 해도

나는 떠나야 해요 멀리까지 끌려가기 꺼려지는 곳
으로 거기도 축제라면 거기를 떠나야겠지만 어디로
갈까요 방방곡곡 축제장이니

부자고 젊고 똑똑하고 심지어 진보적이기까지 한
당신이 시를 쓴다면 콘서트를 연다면 소녀가 쓰러지
고 성황이고 계단은 가파르고 초청 가수는 보통 가

수가 아니니까 노래를 멈추지 않겠지

　노래 부르는 사람은 노래하고 음반을 사는 사람은 음반을 사고 그들은 불법 음반을 사지 않을 거야 그림도 살 수 있겠지 살 수 있는 사람들만 살 수 있겠지 지금과 같다면

　한번 시인은 영원히 시를 쓰고 일단 화가는 계속 화가고 화가 난 어중이떠중이가 나타나지 않는다면 게다가 넌 계단을 치우지는 않잖아 청소하는 사람은 청소를 하고 올라가는 사람은 계속 올라가고 옥상에는 비밀 화원이 있고 떨어지던 사과가 아직도 떨어지고 있다면 우리가 수줍게 키스를 나누고 영원히 키스를 해야 한다면 웃는 사람들만 계속 웃는다면

　만년청춘이라면

　이토록 생이 아름답기만 하다면 순간순간이 축복

이라며 눈을 돌리고 보면 알 수 있다고 말하는 저
시인의 말이 거짓이 아니라 해도
　이 관계를 사랑이라고 부른다 해도
　영원히 지속된다면

　떠나야 해요 나는 거기가 어디든

언령(言靈)이 있어

가수는 제가 불렀던 노래처럼 살다 사라지고
말이 씨앗이 되고
내가 좋아했던 그래피티 화가도 뒷골목 벽에 휘갈
겨 쓴 글자대로 요절했다
다 그렇진 않겠지만

내 말이 엉뚱하게 노래가 되었다면
고스란히 나를 싣고 간다면

반향 없는 음악 극단적인 키스 무성영화 따위에
빠져 있었을 때
그러니까 다 자란 줄 알았을 때
말과 노래를 의심하여 부숴버리고 싶어 안달 부리
는 자들과 함께
불도저 아래 사람이 깔리면 죽는지 사는지 그런
내기를 하듯

그러나 오늘같이 고요한 날

죽은 이의 숨소리가
이토록 가능한 건지 어디에서나 아무 데서나

지금 말하지 않으면 안 될 것 같아서
서서히 죄의식의 강도도 희미해져가서

밖에 싸면 임신이 안 되는 줄 알았어
네 미래는 이미 결정났어
제발 자라지 마
내 몸에서 떨어져
오토바이 뒤에 타고 다니며 별짓을 다할 때도
제발 내 몸 밖으로 나가 나가 나가

터져 나와 퍼져가는 퍼뜨려지는
폭풍우 실은 핏물 내 질에서 무릎을 자르고 발목
을 자르고 운동화 좀 봐 길바닥 흥건하게 붉은 페인
트를 쏟은 거 같아
나를 막아줘

날 여기 두지 마

내 말대로 네가 죽었다면
내 몸에서 핀셋으로 꺼내기 전 메스로 도려내기
전에
중력으로 떨어진 수억 마리 붉은 새
그것의 비참함을 긁어내어 노래했어야 했나
중력이 아니었다면
누가 무슨 말을 했나

오늘 밤 나는 취해
부서진 악기를 다시 부수고 부수는
망설이고 괴로울 것도 없는

또 이렇게 오나 이 향초 냄새는 뭔가 마른 잎사귀
로 뒤덮인 웅덩이 빠져
허우적거리는 이 시간에
술김에 살인을 아름답게 포장해 털어놓는 살인자

처럼

내가 무슨 말을 해야 하는지
내 말이 무슨 짓을 했는지
아 난 다시 말하지 네 말을 사랑했어 그게 전부야
지금도 입을 헤벌린 채
뚝뚝뚝 말이 녹은 물
이봐 그 침은 내 입술에 넣어줘

시골 창녀

진주에 기생이 많았다고 해도
우리 집안에는 그런 여자 없었다 한다
지리산 자락 아래 진주 기생이 이 나라 가장 오랜
기생 역사를 갖고 있다지만
우리 집안에 열녀는 있어도 기생은 없었단다
백정이나 노비, 상인 출신도 없는 사대부 선비 집
안이었다며 아버지는 족보를 외우신다
낮에 우리는 촉석루 앞마당에서 진주교방굿거리
춤을 보고 있었다
색한삼 양손에 끼고 버선발로 검무를 추는 여자
와 눈이 맞았다

집안 조상 중에 기생 하나 없었다는 게 이상하다
창가에 달 오르면 부푼 가슴으로 가야금을 뜯던
관비 고모도 없고
술자리 시중이 싫어 자결한 할미도 없다는 거
인물 좋았던 계집종 어미도 없었고
색색 비단을 팔러 강을 건너던 삼촌도 없었다는 거

온갖 멸시와 천대에 칼을 뽑아 들었던 백정 할아
비도 없었다는 말은
너무나 서운하다
국란 때마다 나라 구한 조상은 있어도 기생으로
팔려 간 딸 하나 없었다는 말은 진짜 쓸쓸하다

내 마음의 기생은 어디서 왔는가
오늘 밤 강가에 머물며 영감(靈感)을 뫼실까 하는
이 심정은
영혼이라도 팔아 시 한 줄 얻고 싶은 이 퇴폐를 어
찌할까
밤마다 칼춤을 추는 나의 유흥은 어느 별에 박힌
유전자인가
나는 사채 이자에 묶인 육체파 창녀하고 다를 바
없다

나는 기생이다 위독한 어머니를 위해 팔려 간 소
녀가 아니다 자발적으로 음란하고 방탕한 감정 창녀

다 자다 일어나 하는 기분으로 토하고 마시고 다시
하는 기분으로 헝클어진 머리칼을 흔들며 엉망진창
여럿이 분위기를 살리는 기분으로 뭔가를 쓴다

　다시 나는 진주 남강가를 걷는다 유등 축제가 열
리는 밤이다 취객이 말을 거는 야시장 강변이다 다
국적의 등불이 강물 위를 떠가고 떠내려가다 엉망진
창 걸려 있고 쏟아져 나온 사람들의 더러운 입김으
로 시골 장터는 불야성이다

　부스스 펜을 꺼낸다 졸린다 펜을 물고 입술을 넘
쳐 잉크가 번지는 줄 모르고 코를 훌쩍이며 강가에
앉아 뭔가를 쓴다 나는 내가 쓴 시 몇 줄에 묶였다
드디어 시에 결박되었다고 믿는 미치광이가 되었다

　눈앞에서 마귀가 바지를 내리고
　빨면 시 한 줄 주지
　악마라도 빨고 또 빨고, 계속해서 빨 심정이 된다

자다가 일어나 밖으로 나와 절박하지 않게 치욕적인 감정도 없이

커다란 펜을 문 채 나는 빤다 시가 쏟아질 때까지

나는 감정 갈보, 시인이라고 소개할 때면 창녀라고 자백하는 기분이다 조상 중에 자신을 파는 사람은 없었다 '너처럼 나쁜 피가 없었다'고 아버지는 말씀하셨다

펜을 불끈 쥔 채 부르르 떨었다

나는 지금 지방 축제가 한창인 달밤에 늙은 천기(賤技)가 되어 양손에 칼을 들고 춤춘다

빈티지 소울

카메라 대신에 벽돌입니다 상자를 여니 벽돌 반장이 나왔어요 믿을 수 없지만 깨끗한 벽돌입니다 왜 폴라로이드 카메라가 아니라 벽돌인지 물어보려고 해도 연락두절이네요 인터넷 중고 시장을 통해 연결된 그 사람은 필름 10팩까지 끼워 거의 새것과 다름없는 카메라를 반값에 팔겠다고 했죠

힘주어 벽돌을 쥐고 흔들어봅니다 벽돌을 챙겨 들고 집을 나섭니다 경찰서로 갈지 택배 송장에 적힌 주소지로 가야 할지 아직 모르겠어요

희미하게 어둠이 퍼져갑니다 보통 저녁입니다 골백번의 골백번 더 살아본 날입니다 어이없고 참을 수 없이 분노가 치밀지만 똑같은 사기 사건도 수십만번째입니다 사소한 사기가 삶이었지요 예전엔 나귀 가죽하고 밀가루를 교환하다 시비가 붙어 칼에 찔려 죽을 뻔했습니다 금화 몇 닢 받은 후 양피지를 보내지 않은 적도 있고요

저 교회 벽돌도 내가 붙였습니다 나는 오래전 애급에서 벽돌을 구워내던 노예, 무너지던 벽돌 더미에 깔려 죽었겠지요 나는 사기 치다가 걸려 톱니바퀴에서 고문당하던 상인, 콩고 강 하류에 던져진 번제물, 언덕 꼭대기 대성당에서 목탄으로 모작을 그리던 인부, 들판에서 나뭇잎으로 성기만 가리고 누워 행인을 기다리는 창녀였을지 모릅니다

내 영혼은 중고품입니다 수거함에서 꺼낸 붉은 스웨터처럼 팔꿈치가 닳고 닳은 영혼입니다 누군가 미처 봉하지 못하고 떠나보낸 기억입니다 불현듯 바다에서 솟아올랐거나 화산에서 흘러내린 먼지입니다

때때로 나는 처음으로 근사한 말을 떠올리지만 그 문장은 이미 내가 사막에서 벽돌을 굽다 지루해서 돌 위에 새겼던 말입니다 어딘가 처음 가보아도 언젠가 꼭 와서 살았던 곳 같습니다 내게 처음은 없지만

매 순간 처음처럼 화들짝 놀랍니다

　당신이 왜 떠났는지 압니다 비애와 슬픔의 차이도
알고 저 모퉁이에서 걸어오던 사람이 왜 나한테 눈
을 흘기고 가는지도 압니다 똑같은 일을 수십만 번
겪었으니까요 벽돌이 내게 온 이 상황에 대해서도
분개할 만한 일종의 흥미를 잃었습니다

　하지만 건망증에 미달하는 기억력 때문에 나는
자신이 없습니다 카메라를 받기도 전에 선입금했고
또다시 사람을 믿었습니다 다행히 내 기억은 내 영
혼은 약을 쳐야 기어 나오는 벌레 같아서 마치 없는
것처럼 또다시 누군가를 사랑할 것입니다

정말 사과의 말

만지지 않았소
그저 당신을 바라보았을 뿐이오
마주 볼 수밖에 없는 위치에 놓여 있었소
난 당신의 씨나 뿌리엔 관심 없었고 어디서 왔는
지도 알고 싶지 않았소
말을 걸고 싶지도 않았소
우리가 태양과 천둥, 숲 사이로 불던 바람, 무지개
나 이슬 얘기를 나눌 처지는 아니잖소

우리 사이엔 적당한 냉기가 유지되었소
문이 열리고 불현듯 주위가 환해지면 임종의 순간
이 다가오는 것이오
사라질 때까지 우리에겐 신선도가 생명으로 직결
되지만
묶고 분류하기를 좋아하는 사람들이 우리를 한
칸에 넣었을 것이오
실험해보려고 한군데 밀어 넣었는지도 모르오

당신은 시들었고 죽어가지만
내가 일부러 고통을 주려던 게 아니었기 때문에
난 죄책감을 느끼지 않소
내 생리가 그러하오
난 주변에 있는 모든 것들의 생기를 잃게 하오
내가 숨 쉴 때마다 당신은 무르익었고 급히 노화
되었고 마침내 썩어버렸지만

지금도 내 몸에서 흘러나오는 호르몬을 억제할 수
가 없소
나는 자살할 수 있는 식물이 아니오
당신한테 다가갈 수도 떠날 수도 없었소
단지 관심을 끌고 싶었소

신경쇠약 직전의 여자들

 턱을 괸 채 커피 잔을 만집니다 식은 커피와 검고 우울한 음악 축축한 발자국이 가득한 2층 카페 여대 앞이라 이렇게 여자들만 있는 건 아닐 텐데 누구나 그렇듯이 비 때문에 외로운 게 아니고 누구나 그렇듯 우기라서 모든 약속이 꼬여버린 건 아닙니다 마구 엉켜버린 타래의 엉뚱한 실을 잡아당기듯 취소는 가능하고 내겐 아직도 약간의 치기가 남아 있습니다

 대체 이 신비한 냄새는 뭘까? 손바닥으로 얼굴을 가린 사이 밝은 공기가 일렁거립니다 햇빛이 쏟아지는 정원에서 범람하는 장미 넝쿨에 둘러싸였습니다 나는 실눈을 뜬 채 실금처럼 번지는 향기에 흔들립니다 눈을 감았다 뜨는 짧은 순간 여름 저녁의 빛과 냄새가 바뀌었습니다

 내 마음 그대만 알아요 연분홍 장미 들판이 지나갑니다 내 곁을 스쳐 조심스레 발을 디디는 저 청년은 장미꽃 한 다발 안았습니다 흰 셔츠에 수줍어하는 표정입니다 저것도 곧 시들겠지만 고요히 펼쳐지

는 유월의 장미 정원을 따라 나도 숨죽여 갑니다 창
가의 사랑스럽고 새침한 숙녀에게 장미꽃을 내미는
청년은 떨고 있네요

　장미 넝쿨 흰 울타리 너머 고라니가 울었지요 이
제 곧 슈퍼문이 뜰 거야 최고로 환한 달 말이야 당신
은 그럴 리 없다 했지만 소름 끼치게 크고 괴기한 그
소리는 고라니가 맞았어요 네 목소리는 너와 판이하
구나 절규 아니면 비명뿐이군 제발 입 좀 다물고 사
랑을 나누자 냄새가 참 좋아

　창가 새침한 숙녀가 의자에서 일어납니다 전혀 웃
지 않네요 예상을 뒤엎고 장미 들판을 던지며 소리
지릅니다 청년의 고백은 낙원의 파탄 일순간 카페
안은 정지된 화면입니다 빗물이 우울을 모르듯 장미
는 구애를 모릅니다 정신을 딴 데 팔아봐요 꿈꾸기
시작해요 사랑이라 틀리게 일컫는 감정 따위 담는
맥 빠지는 일 없이

치명적인 독

독(毒)
—너는 나를 쏘았고

난 위독하다 몹시 숨 가쁘다 곧 기절하거나 죽을
지 모른다 너희가 뒤에서 내 목덜미와 어깨를 공격
했을 때 난 붕, 날아올랐다 나는 개밥그릇을 내동댕
이치며 쓰러졌다 줄에 묶인 개들은 미친 듯 짖고 감
자는 썩어가고 명아주는 우거지는데 나는 목덜미를
쥔 채 기어서 들어온다 여보세요 거기 119죠?

독(獨)
—너희는 나를 따돌리며 희롱했고

질서정연한 악몽 나를 죽이려는 그들을 피해 산골
로 들어왔다 외숙모 내외가 피서 간 사이 개밥을 챙
겨주겠다는 약속을 하고 하도 징그러워서 이유 없이
미워서 나를 질겁하는 그들을 피해 나는 왕따이고

72

이 사실을 되살리면 독이 분비되어 온몸으로 번진다 주둥이가 뾰족해진다 나는 독침으로 글자를 쓴다 모든 왕따가 고독한 건 아니지만 난 몹시 고독하오 그리하여 내 앞발을 마구 핥지만 어깨와 목덜미는 핥을 수 없다 어서 독침을 빼주세요 나는 죽어가요 출동한 구급대원이 말한다 엄살 부리지 마세요 저 벌은 말벌이 아닙니다 새끼나 키우는 순한 쌍살벌이에요 그래도 죽여주세요 모기장을 뒤집어쓴 사람이 내게 마구 약을 분사한다 창문 차양 아래 거꾸로 붙은 벌집을 뜯어낸다 기둥이 흔들린다 그가 나를 멀리 밭으로 걷어찬다 모기장을 쓰지 않은 사람이 내 집을 발로 으깬 후 사지에 다시 살충제를 뿌린다

유독(唯獨)
─나만, 나만, 나만이 유독(有毒)하여

누군가 나를 짓밟는다 넌 말라비틀어진 연밥 같구

나 다시 밟고 비빈다 난 그의 무릎에 들러붙는다 그
들은 주저앉아 신발에 붙은 내 집을 떼어 눈앞에 흔
들어본다 진득진득한 와플에서 쏟아지는 잼처럼 알
과 애벌레들이 흘러나온다 내 노트를 돌려주세요 넌
벌을 받아도 싸 외숙모와 외삼촌 조카들도 봐주면
서 왜 나한테만 쏘아붙이는 거니? 왜 하필 나냐고?
부웅, 붕, 붕, 그들이 뒤쫓아왔다 오토바이가 멈추자
나는 붕, 떴다 목덜미가 뜨끔했다 벌들처럼 그들에게
는 그들만의 사회가 생존 원리가 있을 것이다 시 쓰
는 여왕벌이 수벌들을 극찬했다 수벌은 헌신했다 욕
설을 퍼부으며 내 가방을 낚아챘다 난 벌벌 떠는 일
벌이 아니에요 난 당신들 상가번영회 패거리가 아니
라고요 두려웠지만 산동네 벌집을 떠나지 말았어야
했다 폭삭 무너진 집 둘레로 감자는 썩어가고 명아
주는 웃자라고 어느새 치자꽃밭 가득 벌들이 날아
다닌다

밤의 여행자 1
—목구멍만 적신 브랜디

그래요 한밤중에 출발했습니다 피 묻은 성스러운 저질 나이트가운을 펄럭이며 눈보라 헤쳐 차를 몰았습니다 부서지는 머리를 부여잡고 정해진 속도로 달렸습니다 모든 정지선과 신호를 지켰습니다 아아 뒤에서 트럭이 들이받았지만 어서 가보세요 전 괜찮아요 난 취하지 않을 만큼 마셨고 면허증이 없습니다

내게서 떨어져다오 밖에서 창문을 두드리며 퍼덕거리는 검은 물체는 뭘까요 저 미칠 듯한 집착의 정체는 끝없이 유쾌하게 소리 내어 웃습니다

가장 아름다운 시절에 그놈을 만났습니다 좋은 건 다 나빴지요 모유 스포츠 대학 서정시 나쁜 요정처럼 아름답게 난데없는 다리에 매달려 있었습니다 숨죽이고 관람하는 공연장 장미향과 사향이 날리는 품격 있는 그들이 고결한 시를 읊을 때 나는 박쥐처럼 매달려 소리를 질렀습니다 가슴을 에는 듯한 서글픔으로 누구도 듣지 않을 비명이었지요

내가 부러진 스팽글처럼 아름다운 달밤에 그놈을 만나 사랑하는 아픈 마음이 생겼거든요

온종일 만든 숭고한 음악이 모기처럼 맴돌던 여름이 갔습니다

날이 새어 후평 강가에 닿았습니다 종소리가 울리지요 바나나색 외투를 걸친 저 종지기는 눈 어둡고 귀 멀어가는 늙은 종지기는 어느 날엔 세 번 또 어느 날엔 두 번 비 오는 날엔 여러 번 제멋대로 칩니다 저러는 게 신앙이 깊은 거라고 할머니는 숨넘어가기 직전 요에 싸여 말했습니다 저 종소리를 들으며 그녀가 느꼈을 고독을 마당에 죽은 강아진 줄 알았는데 털옷이었다고 말하니까 가만히 웃던 외로움을 기억해보려 하지만 내일의 눈덩이가 사라진 칡잎에서 고요히 떨어지는 새벽입니다

나는 침술사가 사는 흉가에 들어갑니다 거미줄이

뒤범벅되어 눈부시게 아름다운 선의 조직으로 레이온 커튼처럼 펄럭이던 날 넌 요정 같구나 몇 해 전 침술사가 날 보고 던진 첫마디였지요 할머니는 이 사람의 침을 맞다가 돌아가셨는데 침 덕분에 이른 노파로 가셨을 거예요 네 일은 내일하고 찬물이나 떠오라고 그 덥고 푸른 담요를 펼치셨지요 탐욕스러운 눈빛의 침술사는 한 번도 돈을 요구한 적 없습니다 무면허라 그저 방석 아래 몇 푼 넣어주면 그만이죠 침술사가 나를 발가벗게 하고 등에 일흔번째 침을 꽂는 걸 세어봅니다 아픈 암흑 구멍에서 별이 촘촘히 빛날 겁니다 왜 깨질 것 같은 머리에 꽂지 않고 등에 허벅지에 발가락에 꽂아요? 통점에서 먼 데를 치료해보는 거죠 누가 압니까 골목 끝에 불 켜면 광장이 환해질지 물결치는 손길에 나는 잠듭니다 무면허로 비전문가로 숨지겠어요 방구석 쥐덫에는 쥐 죽어 있고 고라니덫에는 강아지가 헐떡거리다 눈에 덮여 눈이 녹는 아침이 옵니다

밤의 여행자 2
─그럼에도 불구하고 사력으로

밤의 노래가 나를 데리고 가리 내 귀고리가 숨어
우는 자리로

마트 지하 피팅룸에도 없다 나무 깔개를 들춰봐도
없다 원양어선 밑바닥 궤짝 아래 같이 눈앞이 캄캄
하다 스포츠브라 사느라 벗고 입고 하느라 정작 스
포츠가 뭔지도 모르면서 난 분실물보관소 카운터 직
원에게 말했다 혹시 맡아둔 귀고리라도……
　　그거 비싼 거예요?

대형마트 맨 위층 목욕탕에 갔다 하수구 뚜껑을
손으로 훑었다 네 잘못은 아니지 바닥과 타일이 다
독인다 침착 침착해 이미 난 아스파라거스가 닭고기
에 집착하듯 귀고리에 매달렸다 탈의실 바닥을 샅
샅이 살펴보았다 체중계와 거울 위를 손바닥으로 쓸
며 청소하는 아줌마에게 말했다 여기서 혹시 귀고리
하나 못 보셨어요? 물에 떠내려갔겠지 그거 눈에 띌
만큼 커요? 값비싼 거냐고요?

나는 7층부터 지하까지 뛰어다녔다 왜 엘리베이터
는 타려 하면 올라가나 나오지 않는 잔뇨로 전율하
며 다시 내 방까지 뛰어가보고 뛰다가 거북이 알을
품듯 큰 돌덩이를 붙잡고 쉬는데 돌 안에서 돌이 나
왔다 상추에 달팽이가 죽어 있는 야채 코너 트렁크
사이 머리를 넣어보았다 가지 않았던 곳도 가보았다
약속도 깨고 나는 잃어버린 한쪽 귀고리를 찾아 너
무 빠지지 마 왜 이렇게 말이 많아 그래봤자 심금을
안 울리잖아 인생을 즐겨봐 섹스테크닉이나 배워

이 아무것도 아닌 저질의 빛이 곱지도 않은 삐뚤
어진 속악한 누군가 보다가 구역질이나 할 나는 가
짜라고 분류될 그 아무 가치도 없는 누군가 주워 갔
다가 던져버릴걸 그 전에 내가 찾아서 없애버려야 해

목탄으로 그린 그림 같아 나는 내가 지워지기 전
에 스프레이를 뿌려주세요 안개와 해초가 일렁인다

마트는 작은 물고기를 잡아먹는 고래가 등장하는 재
미없는 아이스쇼 같아 헤이 헤엄치며 놀자 신경 끊
어 누가 수상쇼 하든 트로피를 받든 감격은 없어 소
통이라니 깊이 들어가봤자 그거 고작 몇 센티잖아

밀렵

나의 숲은 울창하다. 이제 내려간다. 나는 내려가는 그들을 물끄러미 본다. 멧돼지 고라니 쫓으며 총 쏘아대는 사냥꾼들의 마을에 살았다. 밖에 나가지 마라, 할머니는 새벽마다 약수를 떠오셨다. 매일의 음복, 사슴집게벌레가 지구를 돌리는 어지러운 바닥에 누워 나는 맹세라도 하듯 잠자코 있었다. 모두가 짐승이었다. 쫓아가는 자는 샘이라 했고 쫓기는 자는 여기 굴이 있어, 소리쳤다. 그들은 동산을 계속 쏘았다. 콩대들 태워 콩 삶는 할머니 곁에서 나는 화살 깃을 뽑아 새 떼들에게 돌려주었다. 깃털보다 흰 연기보다 작은 나, 보이세요? 나무로 만든 성냥 하나가 나무와 온 숲을 불태우는데 모자람 없었다. 더 세게 누를수록 들리는 건 적다. 기어 나오면서도 그들은 총을 쏜다. 셀 수 없는 탄환이 날아왔지만 수십억 별들이 빨려든 천궁처럼 관통된 구멍은 하나다.

노안이 오면

책도 신문도 읽을 수 없겠지
더 보고 싶겠지 내 얼굴의 주근깨도
결점이 없어지겠지
점점 번지겠지
사방으로 밀려 나가겠지
밝고 어둡고 윤기 나고 우울한 게 다르지 않겠지
윤곽이 허물어지겠지
울며 주저앉을 때도 있겠지
그래야 할 텐데
생은 저무는데
점점이 별들은 오류처럼 시행착오처럼 반짝이겠지
황홀할 일 없겠지
내가 왕년에는 예전에는 소싯적에는
더 이상 이런 생각 안 하겠지
촛불을 끄겠지
심지를 자르고 싶겠지
그림자로 분위기로 누군지 알겠지
목소리가 작아지겠지

추운 날 아침

누가 큰 소리로 불러도

단호하게 거부한다는 듯이

잠잠하겠지

아무 기척도 없이

별들은 떠 있겠지

반짝거린다고 믿겠지

소녀가 돌아보겠지

노안이 오면

겉과 속 없이

사람이 보이면

반불멸(反-不滅)

　작은 전시관이야 예전에 너하고 봤던 그 그림들이
야 「카페에서, 르탕부랭의 아고스티나 세가토리」 그
작품 생각나니? 반 고흐 애인으로 알려진 여자 초상
화 말이야 근데 그 초상화 밑그림으로 다른 여자의
상반신이 그려져 있네 「포도」에도 「노란 장미가 담
긴 잔」에도 다른 못 그린 그림들이 숨겨져 있어 가
난한 화가가 재활용한 캔버스의 밑그림이 훤하게 보
이는 거야 이렇게 회화에 엑스레이를 쐬보면 덧칠하
기 전에 그린 그림들이 보인단 말이지 그가 덮어버
린 스케치 감췄다고 믿었던 수많은 물감칠 안간힘
쓴 흔적들이 고스란히 들통 나는 거야

　전시관 앞 기념품 가게 모퉁이에서 엽서에 몇 자
적어 보낸다 내가 죽거든 내 작품에 엑스레이나 전
자현미경을 들이대지 마 낙서도 만화도 아닌 거 훔
쳐본 누드 종이를 불에 그을려보지 마 덧칠한 시와
산문들 눈물이 마르지 않은 종이 위에 쓴 명랑한 노
래 그지없이 한심한 필체나 지웠다가 쓰고 다시 덮

84

어버린 잿빛 모래 위 갈매기 같은 글자를 보지 않길
바라 이걸 읽으며 넌 키득키득 웃어넘기겠지 한심한
네 작품을 누가 힘들여 분석하겠냐며 답장을 쓸지도
모르지 내가 죽거든 다시는 못 살아나게 지켜줘 내
얘길 하지도 마 일기든 메모든 수첩이든 불태워줘
약속해

범람

애월 산책로에 야생초 꽃밭이 있었다

지나치다 돌아와 번행초를 아니, 번행초 푯말을 쳐다보았다—여러해살이풀, 봄에서 가을까지 잎겨드랑이에 노란색 꽃이 한두 개씩 핀다—

여러해살이, 나는 여러 번 발음해보았다

번행초가 있다는 자리에 번행초는 없었다

갯메꽃 덩굴이 번져 말뚝 주변을 뒤덮고 있었다

잔물결 같은 번행은 저편 구석에 보일 듯 말 듯

뒤엉키고 비틀려 죽어가는 것처럼 보였다

아른하고 촉촉하게 갯메꽃 사이에 섞여 있었다

번행은 좋아 보였다

누군가 나를 덮어라 내게 다른 이의 명찰을 붙여도 재밌어

중상모략도 나쁘지 않아

배척하지 않는다면 배척하지만 않는다면 여러 해 동안

향기로운 하류 오름에서 먼 여기

파도가 파도를 덮어주듯이

주름진 이불로 감싸주려 해도

　눈보라에 파묻힐 수 없는 노루귀풀 열성(熱性)을

이해한다 해도

　감퇴되지 않는 나는

　자연 발화한 숲처럼 타올라서 아무도

　내 언저리에 앉지 못했다

재의 골짜기
— 팔등신의 이야기

거기 어디야?

눈앞에는 일렬의 군인 아파트
머리 위엔 기하학적으로 분할된 하늘
모든 면에서 보드게임
배 위에서 노름에 빠진 자는 출항한 걸 모르고 있
는지
'위험 고전압' 귤색 패널 매단 전깃줄을 세어본다
여덟 줄이 넘어가고 앉은 새가 재로 보일 때
난시로 죽은 군인의 침실을 볼 수 있다

이상한 구도의 그림 위에 입체적으로 올라앉은 고
깃덩어리처럼
너는 발광하며 전화기를 흔들고 있겠지
악착같아
견딘다는 말은 아니다 다만 침울하게 네 목소리가
고전압으로 파괴하는
이 봄날 저녁이 아까워

누구랑 있어?

식기를 기다린다
나를 위해 삶아놓았던 닭의 검은 뼈처럼
괴산 숲 사거리 차에 치였던 고라니 등줄기처럼
너의 열망도 식어빠져
종려나무 아래 묻혔으면

온 동네 불 지르고 다닌다던 그자는 붙잡혔을까
둔덕에 건초 더미 불타오르던 저녁
이 골짜기로 나는 스며들어 왔다
하행선을 타고 외투를 여민 채
특별히 아픈 데가 없는데 안 아픈 데가 없는
몸살은 언제 어느 부위에서 발생했을까
뇌도 개입했을 것이다
몸살이 끝나듯 네가 사랑이라 더럽히는 그 불덩이
가 잿더미 되게

화해한 다음에도 복구되지 않는 새벽의 약속
재의 수요일에 나는 조무래기들과 불장난했다
말라 죽은 소나무 가지를 모아 강둑으로 가서 이
마부터 재를 발랐다
아 재를 뒤집어쓰겠어 죄투성이가 되게 해주세요
나의 목숨은 새로운 부주의를 필요로 한다

큰 개의 목에는 크고 긴 목줄
뛰어가던 개가 그 속도로 멈추었으면
키 큰 전봇대엔 검고 두꺼운 고압선
탄식하는 검은 새
아아 나는 하늘을 쪼갤 듯이 헤엄쳤지 그러나 한
순간부터 더 이상 퍼덕이고 싶지 않아
중단은 위험한 거니! 헐떡거리는 너의 연인인 것처
럼 위험한 거냐고

이 등신아! 뭐하는 거야? 어떤 놈이랑 있어?

두고 봐! 내가 꼭 찾아내고 말 테니

지금 너의 짐작은 집착, 애착이 아닌 거 알지? 매일의 성교는 설교 같았거든

내 허리를 꺾어 든 채 피스팟을 건드렸으나 솟구치는 오줌을 받아 마셨으나 마음이 떠난 몸은 실신할 수 없었으니 보소서, 너는 생각, 생각한다 사랑을

새로운 사람과의 세례를 포기한 너는 시체, 나 있는 곳을 찾는 가여운, 지지부진한 유령

배 위에서 흔들리다 파도 속으로 사라진 미녀는 잊어, 끝났거든. 그 황금비율의 벌거숭이는 자살해 버린 여군의 침대 위에. 아아 모든 면에서 겹쳐 보인다 나의 난시는 불안에 떠는 시

들킬 정도로

재가 된 골짜기로

심장을 그을렸다 사라진 재의 문장으로

드레스 리허설

그녀가 출전할 때
눈을 감아요 나는
내가 안 봐야 그녀가 이기거든요
드레스 리허설까지만 지켜보고
나는 퇴장합니다

오늘 새벽 프리 피겨스케이팅 경기를 볼까 말까 머뭇거리고 있어요

피겨 퀸은 빙판 위에
댄싱 퀸은 콜라텍에 (밀양강 놔두고 무심천가에 와서 노래하는 일을 다시 시작한 밀양 이모, 환갑 다 된 과붓집이 위장하듯 화장을 하고 레깅스로 강조한 엉덩이 흔들며 노래하는 꼴이란,
이천 원 입장료로 온종일 죽치고 노는 노인들의 콜라텍에서 쌍쌍이 눈이 맞아 모텔도 가고 공원도 가는 옛날 공단 지역 창고 같은 곳에서, 춤도 아니고 들썩임도 아닌 이상한 스텝을 밟는, 뭐야, 도살장으로 실려와

죽음을 눈치채자 교미에 열을 올리는 돼지들 같잖아요,
안 와도 되는데 뭐하러 왔나? 네 에미가 가보라든? 옷
은 이게 뭐냐, 애늙은이같이, 중략, 자칭 댄싱 퀸)

그 허구 속에 자기가 있다고 말하라 했다던 보르
헤스처럼

보든지 말든지

당신이 믿는 실체라고 하는 게 사라져야

실체가 나타난다는 말

분장 뒤에는 아무것도 없거든

그녀가 경기를 할 때 나는

오후 세 시의 스톡홀름 낮처럼 어두워져서

눈보라 치는 감라스탄 구시가 골목에서 전화를 걸
었어요

눈앞의 투명 프롬프터를 읽듯 대사를 전달했죠

죽을 때까지 적을 수는 없거든요

쇼는 계속되고 촛불은 많아요

그녀가 내게 입김을 불어 꺼줍니다

매월당은 김시습을 연기하고

연극하세요 알프레드 노벨이 노벨을

스웨덴 숲에서 내가 쇼를 할 때 (홍대 앞 파티 용
품 가게에서 사서 가져간 삼천 원짜리 은색 가면을 이
탈리아 가면으로 오인하여 환호하는 관객들 앞에 내
얼굴을 숨기자마자 스스로를 망각할 수 있었으므로,
일종의 정신병, 후략)

김연아는 김연아가 되고 싶죠

맨주먹은 주먹의 반대말

맨얼굴은 진짜 얼굴이 아니에요

크리스마스 시즌 스웨덴 거리 촛불 사이 드문드문

아니스캔디가 든 유리 항아리 옆에 잠시

쇼윈도를 바라보면서 나는 홑겹입니다

내 안에는 내가 없습니다

3부

내 눈을 감기세요

　구청 창작 교실이다. 위층은 에어로빅 교실, 뛰고
구르며 춤추는 사람들, 지붕 없는 방에서 눈보라를
맞는다 해도 거꾸로 든 가방을 바로 놓아도 역전은
없겠다. 나는 선생이 앉는 의자에 앉는다. 과제 검사
를 하겠어요. 한 명씩 자신이 쓴 시 세 편을 들고 와
내 책상 맞은편에 앉는다. 수강생과 나는 머리를 맞
댄다. 어깨를 감싸는 안개가 있고 나는 연달아 사
슴을 쫓아가며 총을 쏘는 기분이다. 전쟁을 겪은 후
나는 총을 쏘지 못하게 되었다.

　이건 너무 상투적이고 진부하잖아요. 이렇게 쓰시
면 안 됩니다. 노인이 내민 시에 칼질을 한다. 깎고
깎여서 뼈대만 남은 조각상처럼 노인은 앉아 있다.
패잔병의 앙상한 뺨을 타고 곧 눈물이 흘러내릴 것
같다. 분노로 불신으로 이글거리는 눈동자는 아니
다. 선생님, 방금 그 작품은 내가 쓴 게 아닙니다. 아
무리 애써도 시를 쓸 수가 없어 유명한 시인의 수상
작품을 필사해봤어요.

　내 머리는 떨어진다. 책상 위에는 첨삭하느라 엉망

이 된 유명 시인의 작품이 있다. 그것은 마치 왜 그렇게 비싼지 도무지 이해할 수 없는 명품 브랜드 가방 같다. 노인이 나를 보며 웃지 않으려 애쓴다. 위에서 춤추는 사람들, 이름을 가리면 걸작을 못 알아보는 내 식견으로 누구를 가르치겠다고 덤빈 걸까?

우리

단체로 가고 있었다

관광버스가 도중에 멈췄다

모두 내려 민속박물관 내부로 들어갔다

나는 화장실을 찾다 뒤뜰에

세워진 장승을 보았다 수십 개의 장승들이

한군데 모여 있었다

그들에게는 신묘한 기운이 없었고 이정표도 아니
었으며

우스꽝스럽지도 않았다

어색한 무리였다

우리는 어디론가 가고 있었다

머리 위 조명은 골동품 진열장처럼 적당히 어둡게
맞춰져 있었고

우리는 서로 잠들기를 배려했다

안전벨트가 아닌 보이지 않는 고리에 연결되어

어디론가 가긴 가고 있었다

난 꿈인지 생시인지 모른 채 마구 달려가고 있었다

커다랗고 붉은 구덩이 아래로 미끄러졌다

소독약을 허옇게 뒤집어쓰고

우리에서 벗어난 가축 떼를 따라갔다

벌판을 지났다

별안간 버스와 함께 멈추었다

소와 돼지 들이 한꺼번에 매장되어

수도꼭지를 틀면 핏물이 쏟아지는 마을 어귀가 아
니었지만

감염되지 않은 이가 없었다

우리는 우리 안에 파묻혀

코를 골며 헛소리를 하며 어디론가 가고 있었다

독수리 시간

독수리는 일평생의 중반쯤 도달하면 최고의 맹수
가 된다
눈 감고도 쏜살같이 먹이를 낚아챈다
그런 때가 오면 독수리는
반평생 종횡무진 누비던 하늘에서 스스로 떨어져
외진 벼랑이나 깊은 동굴로 사라진다
거기서 제 부리로 자신을 쪼아댄다
무시무시하게 자라버린 암갈색 날개 깃털을 뽑고
뭉툭하게 두꺼워진 발톱을 하나씩 하나씩 모조리
뽑아낸다
먹지도 마시지도 않으며 며칠 동안 피를 흘린다
숙달된 비행을 포기한 채 피투성이 몸으로 다시
태어나기를 기다린다

이제는 무대에 오르지 않는
아니
캐스팅도 안 되고 오디션을 보기도 어중간한 중년
여자 연극배우가 술자리에서 내게 들려준 얘기다

너무 취해서 헛소리를 했거나 내가 잘못 옮겼을
수도 있겠지만

아직도 확인해보지 않았다

그냥 믿고 싶어서

경사가 급한 어두운 골목길 끝에 있는 그녀의 방
까지

나는 바짝 마른 독수리 등에 업혀 갔다

어른

해부 실습용으로 기증된 행려병자의 시신 사진을 본다 아마 연고 없는 정신이상자였을 거야 너도 이 제 그만 떠돌아다녀 그것도 병이야 나를 쓰다듬으며 말한다 그가 내 몸에 오일을 바른다 조임 강도를 높 였다 푼다 넌 막 나가는 게 문제야 살살 천천히 오래 오래 달리자 비우고 멈추고 비우고 그래야 보이잖아 당분간 가볍게 산책 정도만 하자 그의 목소리는 언 제나 묘하고 교묘하고 아름답다

하지만 구식이다 지나치게 크다 접히지 않아 운반 하기 어렵다

딱딱한 연못을 겨우 빠져나왔다 보관소가 있다 초록 정부에서 만들었다 그의 긴 목에 체인을 감는 다 액세서리들을 그대로 두었다 거치대에 몸을 고정 했다 나는 정지가 필요하다 안전한 장치가 필요한가 너만 묶여 있으면 난 어디도 안 갈 거야 자전거 대행 진 행사가 끝났고 전용도로를 달려 기진맥진한 나에

104

게 최선을 다한 내 머저리에게 야유를 보낸다

　어제는 장기 기증을 서약했다 빈 장바구니를 달고
질주하고 싶은 오후였다 아무 이유 없이 누군가를 죽
이고 싶어질 때와 같은 심정으로

　아무 이유 없이 몇 시인지 궁금하다 아무도 모르
게 내 안장과 핸들은 뜯겼고 한쪽 바퀴도 사라졌다
터진 타이어 같은 내 영혼은 보관대에 붙어 있다 컴
컴한 시각 폐자전거들과 함께 이 땅에 발 딛고 있다
나는 멈추었다 뭐가 보이는가 공구함을 열고 찢어발
겨진 영혼을 수습해보려 한다 축축한 어깨 또 다른
도둑이 다가온다 나를 만진다 내 구부러진 살에 바
퀴에 오줌발을 갈긴다 마치 신나게 달려 나갈 것처
럼 나의 발판은 흔들린다

하인학교

학교에 가겠습니다
따분한 교실
아무것도 적혀 있지 않은 교재를 주세요

수선화 화분이 발코니에서 떨어졌을 때
그런 수선화 화분은 발코니에 없었으며
유일하게 놓여 있던 돌멩이 하나 석양에 떨어졌다
는 걸 알았네
꿈이라는 돌
주먹을 쥔 채 바라보았지
고개를 숙여야 볼 수 있었지

하찮아지고 보잘것없이 더 보잘것없어지자
라고 생각지 않는, 무위도 생각하지 않는 올빼미처럼
빛도 소리도 없는 곳에서

나는 다시 배워가겠지
쉬는 시간

외톨이로 공동묘지에서 놀게 될 거야
고개를 숙이고 쉬엄쉬엄
아무것도 깃들어 있지 않은 갈피들
그러다가 머리를 묻고 긴 잠에 들겠지

잡스러워도 괜찮아

요가원에 등록했다 인도에서 수련하고 온 선생은 정갈한 수도승 같은 인상이다 옴 샨티 낮고도 맑은 목소리가 좋다 눈을 감고 마음을 바라보라고 한다 그럴 때마다 내겐 갖가지 생각이 떠오른다고 하자 차차 잡념을 버리게 될 거라며 웃는다 웃는 미간 사이에서 밝은 빛이 퍼져가는 듯하다

며칠 후 지하철역에서 선생을 봤다 감색 요가복 대신 가죽점퍼에 청바지, 상투처럼 묶었던 머리칼을 풀어 내리고 있다 무언가에 짜증 난 표정이다 그저 그렇다 평범하고 너무나 평범한 행인이다 화장이 진해서인지 그 빛나던 밝은 빛이 보이지 않는다 나는 그녀가 더 좋아진다

명상 자세로 눈을 감는다
막대기를 내려놓는다
다 먹은 아이스크림 막대기에 묻은 아이스크림을
빨아 먹을 때는 언제나 맛있고 옴 옴 옴
이 순간 훨씬 무성해지는 잡생각이 좋다

B시에서 일어날 일

B시 말단에 사는 그녀의 엄마는 전도사입니다. 보
나마나 성경을 읽고 말씀을 전파합니다. 여자가 지
그시 딸의 뺨을 누르면 그녀는 웃음을 억누르지 못
해, 딸림음 건반처럼 쑥 내려갑니다. 하행선을 타고
바닷가에 닿는 기분이 들어요.

B시의 변두리에는 매춘부가 사는 골목이 있었어
요. 소녀는 나처럼 중얼중얼거렸죠. 자신만 편애하다
가 자기를 사랑하는 사람에게 질투를 느낀 애였죠.
그나저나 에이즈에 감염되어 북풍으로 가는 배 타고
떠났다고 합니다. 어쩌면 에이즈를 복음처럼 퍼뜨릴
지 모르죠.

거기엔 때밀이 아저씨가 살고,
죽은 이를 기다리는 염장이 삼촌과 그보다 자부
심 강한 무면허 의사도 살아, 내가 평상에 누우면
발가락을 공짜로 따줍니다. 나도 뭔가 퍼뜨려야 하
지 않을까요?

다만 꼭 그래야만 한다면,
허무와 활기가 동시에
B시의 밑바닥에서 어지럽게 퍼져 오를 거예요.

상체보다 하체가 발달되어버려 내 푸른 스타킹이
터진다면,
녹슨 쇠줄에 감겨 올라온 소년의 손목 아대처럼
영화관 오징어마냥 내 다리도 좍좍 찢어야 할까요?

B시에는 C급 영화에 대한 격찬과 맹목도 없습니
다. 그냥 뭉클한 게 싫은 작위적 기쁨과 달래, 민들
레 뿌리처럼 거칠고 허연 나의 손발이 있습니다. 냉
증을 앓아 서로 악수도 잘 하지 않는 이웃들.

새벽마다 누군가 꼭 운다는 것, 새벽 교회든 여관
입구든 마루 끝이든.
결혼식 피로연 식권처럼 지나면 쓸모없는 내가

반한

　B시에는 순간온수기가 있고 선박 소음이 끊이지
않아,
　어째서인지 걷잡을 수 없이,

　꼭 그럴 필요도 없는데,
　하나마나한 말을 하는 B시인이 있습니다, 비인간
적이죠.

　악수하기 전 허벅지 사이 손 넣는 건 그런 거죠,
손님 받기 전 전기장판을 펴는 골목 아가씨나 전도
사처럼 말단을 데운 후 기도해 나쁠 건 없잖아요. 더
아래로 좀더 후방으로 가면 내 뺨에 닿아요. B시는
비일비재한 시, 골목 끝, 갑판 아래, 물결 속에서 나
는 당신을 기다려요. 가라앉아버린 여객선 내부에서
솟구치며 여전히.

너는 우연히 연두

암흑 한가운데서 눈이 사라진 두개골로 물살을
가르는 심해어에게
물의 흐름과 진동을 감지하는 감각 수용기가 있을
거라 믿는다면
어두운 시간이 준 노래를 들었다면
그러기를 바라는 것이다

너는 연두, 엎드린 아이

그 옆의 물고기는 얼마예요?
나 또한 먹이를 고르는 중이었다

시선으로 들어온 방문객들은 한순간 나를 조화롭
게 만든다
식기장 속 그릇처럼 어색하면서도 다정한
아무렇게나 쌓아놓은 책들처럼

어이, 여기 술 더 줘!

술꾼들이 나를 쳐다보고 있었다
한순간 나는 종업원이 되어 어두운 카페 안 냉장고를 찾아본다

다른 건 없어요?
물건을 고르던 여자가 나한테 묻는다
나는 다른 사람이 되고 다른 사람은 어떤 사람일까 생각해본다

손님들은 손님인 나를 착각한다
나는 주인이 아닌데 주인이 되면 어떤 기분일까 생각해본다
아마도 사람의 진동을 느끼는 감각기관이 다를 거야
나는 의심스럽게 모호한 인상을 하고 있나 보다
직업을 드러내는 옷차림도 고유한 성격을 보여주는 표정도 없을 것이다

식기장 속 유리병처럼

휘어진 책장처럼

내게 오는 사물을 맞이한다

나는 나든 아니면 또 다른 한 사람 일생으로 그

짧은 한 순간 다르게 불릴 때

암흑 한가운데서 내가 두리번거릴 때

너에게로 이행할 감각이 생겨난다

기뻐하며 누가 맡아도 상관없을 배역을 맡자

너는 우연히 연두, 엎드린 아이, 아름다운 검은

나비

뭐든 되거나 아무것도 되지 않을

이 소리 없는 유령들과 함께

팬레터

—낯선 남자한테서 편지가 왔어요. 내 시집을 읽었는데 내 프로필 사진을 봤는데도 날 흠모한대요. 내 또래래요. 자기도 시를 쓰고 있다며 답장을 기다리겠다고.

—어디 산다고 해요?

—청송교도소에요. 죄목이 뭔지, 어쩌다 감옥 갔는지는 적혀 있지 않았어요. 등단 후 받아본 팬레터 세 통 다 각기 다른 교도소에서 날아왔어요. 신기하죠?

—쯧, 어디 가서 그런 얘기하지 마세요. 복역수들이나 좋아하는 시 쓰는 시인 취급받기 싫으면요.

장 시인과 나는 서울 가는 길이다. 그가 운전하고, 나는 서먹하게 얻어 타고, 각기 다른 행사장으로, 다른 목적으로, 입을 닫고, 귀는 노루귀풀, 열성이라 눈이 와도 눈을 받을 수 없는, 참 안됐다, 그 풀은 무월리(撫月里) 뒷산에서 봤다, 무(撫)는 애무할 때 손은 버리라는 말일까, 손을 놓쳐 비틀거리며 쓰러

115

지는 날이 잦다.

　홀쩍거린다. 이상하게 쾌활해진다. 엉겁결로 가는 문간에서 나는 쓴다. 기분이 나쁜 날에는 그늘을 충분히 어둡게 둔다. 아무것도 보이지 않아서, 나에 대한 반동으로 나는 변할 것인가. 이렇게 시도 아닌 것을 적는 한여름 밤에는 지상의 모든 새가 울고 저 놈 검은등뻐꾸기가 유별난 소리 낸다. 시에 무슨 제재를 가하는, 바보 같은 짓, 제목을 붙이려면 죄목을 짓는 것 같아 두렵다.

티라미수

날 들어 올려줘
금발 가발처럼
입술가의 파리처럼
노숙자가 기대어 잠든 벽 위의 포클레인처럼
웅덩이의 부엽처럼

해변은 멀어
나를 펼쳐줘
피 묻은 광목처럼
심야 편의점 앞에서
삐딱한 파라솔처럼

책은 치워요 나를 좀 풀어줘요
빼버리는 구두점처럼
홈통을 울리며 흘러내리는 지난밤 장대비와 천둥
처럼
그리고 데워줘요
오븐에 들어간 머리처럼

결벽증 남자가 씻으러 간 사이

　네가 씻으러 들어간 후 나는 거울을 본다 천천히 옷을 벗는다 거울을 본다 지나칠 정도로 선명하게 직시하는 거울을 피해 침대 모서리로 가 웅크렸다 거울을 본다 일어나 주방으로 간다 거울을 본다 냉장고를 열고 물을 마신다 거울을 꺼내 본다

　네가 먼저 씻으러 들어간 사이 난 라디오를 켜고 창밖을 바라보지 않는다 쇠락해가는 거리를 물끄러미 보지 않고 거울을 본다

　아직 멀었어?
　비누칠하고 있어

　나는 네 시계를 보고 네 안경을 껴보고 네 휴대전화를 열어본다 옷장을 열고 가지런히 걸린 흰색 와이셔츠를 세어본다

　뭐해?

수염 좀 깎으려고

헤아릴 수 없는 균 때문일까 말할 수 없는 심리적 불결 때문일까 비누에 묻은 비누 때문에 씻고 또 씻는 걸까 그래 씻어 씻어라 하나도 남김없이 얼굴이 없어지고 형태가 뭉개질 때까지

나는 커피를 마신다 책장에서 책을 꺼내 읽는다 이것들은 마음대로 꽂힌 게 아니다 무서운 질서와 배열 속에서 책가위한 책을 읽는다 서문이 길다 다시 커피를 마시려다 맥주를 마신다 넘쳐흐르는

나는 발가벗고 나는 비스듬히 나는 수치심도 없이 나는 반쯤 넋을 놓고 나는 누드 해변에서 나는 위생학과 예방의학 이따위 책을 집어던지고 나는 불순하게 더더욱 음란하게

나는 쓴다 쓴다 쓴다 네가 씻는 것처럼

야, 다 씻었어?

아니, 비누가 씻기지 않아, 수압도 약해

넌 나오지 못할 거야 문고리를 쥐면 또 씻어야 하니까 내게 접근할 뿐 만지지 않겠지 너는 씻는다 멈추고 싶지만 씻고 씻고 씻으면서 오염되고 죽어가고 또 씻는다 시도 때도 없이

서로의 바깥에서, 한평생, 그런 게 남았다면, 너는 씻고 나는 쓴다, 찢고 다시 쓴다, 문 하나를 사이에 두고, 둘 다 거울 앞에서 죽을 거면서

서로가 나타나지 않기를 기다리며, 강박적으로

예술품

안 그린 공간에 그녀가 있었다

온종일을 누군가 걷고 있는 마루판 아래
그는 온종일 앉아 있었다

그림을 못 그리는 화가였다

물감을 버리고
먹으로 다시 시작했으나
그릴 수 없는 것만 무릎을 꿇고 그릴 수 없는 것만

붓을 씻었다
남김없이 먹물을 사용하려고
그러므로 모든 초상화는 모조리 찢겼다

중국술을 마시면 중국어로 떠들었다
그녀를 벗겨 눕혀놓고 자위를
전신을 정액으로 도포할 수 있을 때까지

소설 쓰고 자빠졌네
더 나쁜 건 둘이 사랑한다는 사실
여백 없이 캄캄하게

그가 차린 카페 '예술' 긴 소파에
그녀도 온종일 앉았다 누웠다 했다

좌판 위의 사과를 만지듯
내 젖가슴을 주무르는 날이 와야 해요
그림이 되려면

검게 그려도 발갛게 보이는 입술
붓을 빼는 순간이 필요하지
흑백 속에 모든 색깔을 보여줄게

돈이 필요해 예술을 하려면

농담(濃淡) 없는 밤이 오면 그녀가 바쁘다
더 이상 어리지 않은 동생에게 나는 말 걸지 못한다
손님들이 말하니까, 이리 와봐
우와, 예술이잖아

모래 여자

남근석을 갉아먹은 것도 아닌데
사내애를 밴 것도 아닌데
자꾸 구역질 난다
스푼을 불면 스프에 모래가 쌓인다

탄광에 간 적도 없는데
무너지는 빌딩 아래 깔리지도 않았는데
절반은 기억 밖이다

태초에 중반전이었다
여러 개 바둑알 깔아놓고 시작된 판이었다
누군가 모래 위에 나를 내려두고 초원이다 달려라
등을 후려쳤다

장갑을 벗으면 손이 없다
양말 벗어보면 발이 사라진다

흙이 쏟아진다 욕조에서 나오면 절반의 몸은 물

속에 가라앉아 있다

　이마에서 흘러내리는 모래는 오래된 사원의 때처
럼 검고
　수족이 사라진 불상은 자꾸 날아다닌다
　흙 속에 구멍을 만들자꾸나*
　나는 내 몸의 빈 곳만 만진다

　* 햄릿

해변의 문지기

겨울 휴가를 보내러 남태평양 연안으로 왔을 거다. 저녁 식사 후 일행들은 클럽으로 갔지만 그녀는 혼자 남아 해수욕을 즐겼다. 사양(斜陽)의 파도는 높고 붉었다.

번쩍하고 하늘에 금이 갔다. 후두둑 빗방울에 바다가 뒤집혔다.

그녀는 가까스로 헤엄쳐 나왔다. 해변을 달렸다. 야자나무 아래 잠시 서 있었다. 백사장을 가로질렀다. 모래 속에 발가락을 빠뜨린 것처럼 절름절름 계단을 뛰어올랐다. 방문을 쥐고 당긴다. 아뿔싸! 문이 잠겨 있구나.

발을 구르며 두리번거린다. 열쇠를 어디 흘렸지? 나라면 어떻게 할까? 스콜이 잦아들었으니 열쇠를 찾아 모래사장을 뒤지고 다닐지 모른다. 아니면 정원을 지나 마사지숍과 야외 풀장과 식당을 지나 로 비 프론트까지 갈까? 저 방은 로비에서 가장 멀고 바다 가장 가까이 있다. 발코니에서 그녀가 서성인다. 난간 위의 책이 젖은 걸 확인한다. 그녀는 의자에 기대 비스듬히 누워버린다. 자정이 넘어야 일행 중 누군가가 올 것이다.

나는 짐작할 수 있다. 그녀가 반나절 누워 있던 자리에 가본다. 내 예상대로 선베드 위에 열쇠가 떨어져 있다. 나는 열쇠를 쥔 채 그녀를 바라본다. 그녀는 발코니에 서 있다. 미동도 없이 서서 나를 바라본다. 날 기다리는 것 같다. 아니, 눈을 감고 있는 건가?

열쇠를 찾아주는 일이 내 업무는 아니다. 나는 문지기다. 리조트 후문이라고 할 수 있는 해변의 계단참에 서서 현지인이나 행상 들의 출입을 통제하는 일을 한다. 현지인과 행상이라 함은 내 가족과 이웃, 친구들을 말한다. 그들은 리조트 투숙객이 아니다. 러

시아 갑부가 운영하는 이 리조트에서 하룻밤도 잘 수 없다. 그들은 여기서 자전거로 십오 분 거리에 있는 작은 어촌에 산다. 그쪽 바닷가는 지저분하다. 주민들은 그 해변에서 똥오줌을 누고 사랑을 나누기도 하며 생선을 흩어놓고 팔기도 한다.

일 년 내내 찌는 날씨지만 저녁이면 살 만하다. 이렇게 비마저 내려주면 고맙기까지 하다. 나는 그녀를 향해 걸어간다. 그녀는 거의 벗은 거나 다름없다. 온몸이 젖었다. 엉덩이를 난간에 걸친 채 멍하니 나를 쳐다본다. 내게 저런 비키니 차림은 지겨울 뿐이다. 왜 열쇠를 찾으러 가지 않은 걸까?

호기심 가득 찬 눈으로 나를 훑어본다. 낡은 샌들과 헐렁했으나 지금은 젖어서 다리에 달라붙은 회색 유니폼 바지, 그녀의 시선이 배꼽 주변에서 멈칫한다. 그러나 곧 시꺼멓게 탄 상체와 얼굴, 관자놀이에 박힌 활 모양 흉터를 더듬는 듯하다. 그녀가 미소 짓는다. 비웃는 걸까? 환희를 모르는 사람의 웃음이다.

 저 방은 프론트로부터 가장 멀리 있고 바다 가까이, 나의 의자 가까이에 있다. 의자의 임무는 앉히는 게 아니다. 지난밤에도 나는 보초 근무를 서며 그녀의 방 창문을 바라보았다. 의자를 조금만 옮기면 보이는 곳에 있었기 때문이다. 그녀는 일행들과 술을 마시다가 나와 시선이 마주쳤다. 테라스에 나와 서성이는가 싶었다. 갑자기 그녀는 세 개의 계단을 내려와 내 앞을 지나치더니 바다를 향해 뛰어갔다. 하얀 치마가 휘날렸다. 나는 그녀를 뒤따라가 허리를 감쌌다. 심야엔 수영 금지라고 말했을 때도 그녀는 나를 보며 웃었다. 환희라고는 모르는 얼빠진 사람처럼. 그녀는 내 손을 잡고 촘촘한 달빛 사이 금빛 모래사장 위를 조금 날았다.

 더는 안 돼요, 그녀가 내 손을 뿌리쳤다. 날 두려워했다. 아니, 스스로가 두려웠던 걸까? 그 길이 마을로 통하는 길일까 봐, 자신도 낙뛸될까 봐, 가난하니까 천하고 하찮아져버린 사람들과 섞이게 될까 봐. 에이즈는 없어요? 나를 전염병에 걸린 사람 취급했잖아. 리조트 사장이 날뛸 것이다, 내가 자리를 비운 줄 알면. 이 녀석아! 문이나 지키랬잖아. 난 결코 문을 부수는 사람이 아니다. 문 없는 문을 지켜야 하는 해변의 어린 문지기일 뿐.

나는 비를 맞으며 테라스로 오른다. 리조트에 온 숱한 외국 여자 중 한 명일 뿐인 사람의 객실에 딸린. 반쯤 드러난 그녀의 유방을 본다. 빈약하고 공허하다. 비키니 말고 마음을 보여줘. 흐린 입술과 눈동자, 그녀가 흔들린다. 떨리는 손을 잡는다. 손바닥 위에 가만히 열쇠를 놓는다. 그녀가 열쇠를 받아들고 웃음을 터뜨린다. 정말 어이가 없네요. 내가 훔쳤다고 생각한다면 그녀는 미쳤거나 환희는 물론 비애조차 모르는 인간이다. 그녀가 급히 방으로 들어간다, 피를 홀리며 들어가는 것 같다, 문을 잠근다, 다시

빗장을 거는 소리,

　아아, 나에게는 말해야 하는 최후의 것이 없다,
누가 있겠는가, 누가 누구의 문을 끝없이 두드리겠
는가.

언령(言靈)을 따라나선 불확실한 이행

조 재 룡

1. 시라는 검은 구멍으로

시 앞에서 날마다 허물어지는 영혼이 있는 것일까? 성취할 수 없을 것이라고 여겨진 것을 움켜쥐려 하거나 볼 수 없을 것이라고 분류된 것을 훔쳐보려 시도할 때만, 시가 시의 반열에 올라설 수 있다고 믿는 사람이 있다. 그는 제 삶에서 단 한 순간도, 아니, 삶의 어느 귀퉁이를 돌아 나올 때나 어떤 일에 몰두하고 있을 때조차, 시에서 벗어나지 못하며, 시를 내려놓지 못하는, 그러니까, 오로지 시에 대한 궁리로 촘촘히 짜인 체 하나를 힘겹게 쥐고서 쉬지 않고 삶을 받아내고, 세계의 이면을 탐독해 나가는, 한마디로, 시에 오롯이 사로잡힌 사람이다. 성취할 수 없으며 볼 수 없다고 여겨진 것을 나의 언어로

132

기록해내려는 이 의지는, 그러나 쉽게 망각되어도 좋은 것은 아니다. 사유의 여백과 잉여의 문장을 지금-여기에서 창출해나가는 과정 가운데, 시인이 발견하고 넓혀낸 저 검은 구멍과도 같은 공간이 우리 삶에서 허락되지 않는다면, 사실 시도, 시인도, 아니 우리 자신과 세계 자체도 온전히 제 존재의 정당성을 부여받지 못할 것이기 때문이다. 김이듬의 시집 『히스테리아』를 읽으며 우리가 겪게 될 기이한 경험은 이처럼 자기 동일성의 구심에서 이탈한 존재들이 바글거리는 바로 이 검은 구멍 안으로 자발적으로 입사하는 일에서 시작될 것이다. 자신의 모든 것을 삶의 구석진 곳곳에 매장해낸 후, 거기서 무언가를 다시 피워 올리려는 김이듬의 이번 시집을 통해, 우리는 계속해서 쓸 수밖에 없는 시인의 운명이란, 결국 어딘가에 버젓이 서 있을 표지의 안내를 받아 유순한 길 위에 제 첫발을 내딛는 것이 아니라, 온갖 통념의 방어 기제를 풀어헤치고, 그것에 벌써 힘겨워하며, 매 순간, 그 탓을 저 자신에게로밖에 돌릴 줄 모르는 사람이 투신하는 범속하고 평범한 일상에서, 제 시의 꽃을 피우는 일에 달려 있다는 사실을 깨닫게 될 것이기 때문이다.

잠시라도 방심하면 그걸로 끝이라는 것일까? 김이듬은 평온 속에 내던지면 가차 없이 부메랑처럼 되돌아와 심장에 꽂히고 마는 문자의 반격을 견뎌낼 도리가 없다고 말한다. 시인으로 이 세계를 살아가는 경험은 벌써 이렇게 시련이고 자기 검열이다. 그런데 따지고 보면, 역사 속에서 경험은 언제고 시련이자 검열이었다. 시는 지고지순한 철학이나 단정한 관념으로 빚어진 세계, 결정체처럼 반짝거리는 삶의 순수한 공간에서 피고 지지 않는다. 더럽혀지고, 욕되고, 하염없이 겹쳐지며 풀려 나오는 범속한 삶을 휘젓고 나온 말이 아니라면, 시는 벌써 허방으로 내지른 공설에 불과하다는 것일까? 김이듬이 제 시에서 삶의 저변에 거주하는 모든 것들과 대면하려 시도하고, 이들을 다독이거나 이들에게 푸념을 늘어놓기도 하고, 이들과 쉴 새 없이 드잡이를 하며, 함께 울고 또 웃는, 오로지 이러한 방식으로 제 시를 궁굴리고자 하는 이유가 바로 거기에 있다. 되돌아보지 않겠다고, 눈을 감고 지나치겠노라고, 내부에서 모조리 덜어내었노라고 여긴들, 여전히 소멸되지 않으며, 소멸될 수 없는 저 조건 속에서 하루하루 비루한 삶을 연장해가는 검은 구멍의 거주자들이 있으며, 이들은 엄연히 실재하는 장소, 그것도 악취를 풍기는 장소의 주인일 수밖에 없다는 사실을, 이 시인은 감각과 직관으로 벌써 알고 있었던 것만 같다. 김이듬에게 이 블랙홀 같은 세계는, 절망과 암흑의 공간만은 아니다. 그곳은 무언가가 흘러 나오고 무언가를 흘려 내보내는 생성의 장소이자, 자명해서 편리한 양분의 세계, 그러니까 약자와 강자, 우량과 불량, 밤과 낮, 지하와 하늘, 불구와 정상, 변두리와 중심, 버려짐과 돌봄 등이, 서로 살짝 찢어지면서 쏟아진 것처럼 우리에게 당도한, 우리가 아직 알지 못하는 미지의 비명이 흘러나오는 공간이기도 하다. 시인은 삶이 순환하며 토해내는 이 과정의 마지막 순간까지 시적 책임감을 느끼는 존재이어야 하며, 그 책임 의식에 걸맞은 언어로 그 수순 하나하나를 뒤좇아야 한다고 생각하고 있는지도 모른다. 그는 우리가 보고 싶지 않아 하는 것들을 사라지게 하는 대신, 들추어내 현실로 소환하는 악역을 맡은 사람, 그 일로 치러야 하는 대리전쟁을 자청한 사람이다. 그러나 그는 상실한 자가 아니다. 그가 제 시의 목소리를 얻어내는 곳도 바로 여기이기 때문이다. 미리 밝혀둘 것이 하나 있다. 김이듬의 시는 낯선 것에 대한 탐닉에 사로잡히지 않는다. 그의 시가 취하는 낯섦은 일상적이고 익숙하며 범박한 것이 뿜어내는 시적 영감에 포획되어, 그 안으로 걸어 들어갈 수밖에 없는 접사(接寫)의 결과로 우리에게 주어진 것이라고 해야 한다. 이번 시집에서 그가 자주, 자신의 시 쓰기를 비루한 존재들에서 착수하려 시도하는 것은 따라서 우연이 아니다. 그것은 오히려 시인이 제 삶을 정직하게 마주하려 했다는 말일 수도 있기 때문이다. 우연을 다투는 일에 뛰어들어, 그 결과를 기다리지만, 그러나 그 어떤 시적인 것도 좀처럼 제 얼굴을 내밀지 않아, 저 신경다발을 끊어낼 듯 팽배하게 들어선 자의식, 시를 갈망하여 삶의 굴곡진 위아래로 침전한 경험을 목도하고, 거기서 낯선 사유를 두 손에 쥐게 되었을 때조차, 낭비한 시간을 끌어안았을 뿐이라는 자괴감에 시달리며, 서둘러 다른 곳으로 벌써 이행을 준비하는 이 시인에게 우리는 대체 무슨 말을 건넬 수 있을까?

2. 희생양, 그리고 시라는 제의

누구나 다 알고 있듯, 한 사회는 질서를 통해서 유지된다. 이 질서의 체계 밖에는 크고 작은 차이로만 존재하는 '발가벗은 생명nuda vita'들이 있다. 그들은 사회의 주류에 포섭되지 못하거나 중심을 이탈한 채, 사회의 주변부에 남겨진 '덤'이자 주위를 맴도는 '잉여'와도 같은 존재들이다. 그러나 이 '우수리'야말로 사회를 통합하는 잠재적인 힘을 머금고 있는 실재들이다. 사회 공동체는 질서의 체계를 붕괴시키거나 이데올로기에 균열을 가져올 수도 있는, 사회의 내부에 도사리고 있는 잠재적인 폭력의 힘을 이 소수들에게 가하는 공동체의 집단적 폭력으로 표출하며 승화시키는 과정에서, 사회의 평화를 확보하고 유지하려 애를 쓰기 때문이다. 르네 지라르는 사회 공동체가 아(我)와 타(他)를 가르는 경계를 그으며 모종의 '결정을 감행하는' 배제의 논리[1]에 기반하여 가하는 집단적 폭력이, 공동체 내부의 갈등과 불안을 제거해내는 일련의 정화 과정이며, 이때 '우수리'는 거반이 희생양이라고 지칭해야 옳다고 말한다. 그러니까, 공동체의 평화는 희생 제의의 과정과 크게 다르지 않다는 것이다. 물론 이 희생양은 폭력의 행사 이후에도 사회에서 사라지는 법이 없다. 소멸의 길을 걷는 대신, 눈 밖에서 존재하는 길을 택한 그들은, 공동체의 문화적 무의식을 잠식하는 기저를 이루어, 오히려 자기 동일성과 전체주의적 획일성을 혁파하려는 본능과 같은 직감에 의지해, 언더그라운드에서 살아가며, 언제고 실행 가능한 잠재태가 되어 꿈틀거리고 있을 뿐이다. 「B시에서 일어날 일」에서 부분을 인용한다.

B시의 변두리에는 매춘부가 사는 골목이 있었어요. 소녀는 나처럼 중얼중얼거렸죠. 자신만 편애하다가 자기를 사랑하는 사람에게 질투를 느낀 애였죠. 그나저나 에이즈에 감염되어 북풍으로 가는 배 타고 떠났다고 합니다. 어쩌면 에이즈를 복음처럼 퍼뜨릴지 모르죠.

거기엔 때밀이 아저씨가 살고,

---

1) 라틴어로 '결정하다'를 뜻하는 'decidere'는 '희생물의 목을 자르다'를 의미한다. 르네 지라르, 『희생양』, 김진식 옮김, 민음사, 1998, p. 197 참고.

죽은 이를 기다리는 염장이 삼촌과 그보다 자부심 강한 무면허 의사도 살아, 내가 평상에 누우면 발가락을 공짜로 따줍니다. 나도 뭔가 퍼뜨려야 하지 않을까요?

다만 꼭 그래야만 한다면,
허무와 활기가 동시에
B시의 밑바닥에서 어지럽게 퍼져 오를 거예요.

상체보다 하체가 발달되어버려 내 푸른 스타킹이 터진다면,
녹슨 쇠줄에 감겨 올라온 소년의 손목 아대처럼
영화관 오징어마냥 내 다리도 좍좍 찢어야 할까요?

B시에는 C급 영화에 대한 격찬과 맹목도 없습니다. 그냥 뭉클한 게 싫은 작위적 기쁨과 달래, 민들레 뿌리처럼 거칠고 허연 나의 손발이 있습니다. 냉증을 앓아 서로 악수도 잘 하지 않는 이웃들.

새벽마다 누군가 꼭 운다는 것, 새벽 교회든 여관 입구든 마루 끝이든.
결혼식 피로연 식권처럼 지나면 쓸모없는 내가 반한
B시에는 순간온수기가 있고 선박 소음이 끊이지 않아,
어째서인지 걷잡을 수 없이,

꼭 그럴 필요도 없는데,

하나마나한 말을 하는 B시인이 있습니다, 비인간적이죠.

사회 공동체가 가한 폭력의 희생자들에게 고유한 질서를 회복해내는 일은 욕망이 서로 부딪치고 충돌하며 빚어내는 상호작용 속에서도 이들이 제 앞가슴에 달고 살아가야 하는 저 차이의 표식을 걷어내지 않는 것이다. 이 우수리는 흔히, 미혼모, 창녀, 장애인, 이혼녀, 동성애자, 정신질환자, 거지, 가난한 노인 등이거나, 인종적으로 유대인이나 집시, 종교적으로 마녀나 이교도 따위의 이름을 갖고 있다. 그들은 모두, 사회에서 제 표지 때문에, 사회의 자기동일성과 충돌하는 제 차이 때문에, 주변부로 밀려나 희생양으로 선택된 자들이다. 그들은 도시에, 도시로 가장한 사이비 도시에, 후미진 골목이나 컴컴한 마트에, 더러운 지방 도시의 네온사인 아래 신음하고 있는 온갖 종류의 구질구질한 장소에 거주하거나, 여기저기를 떠돌고, 기생하고, 끼리끼리 모여 살거나, 눈을 피해 숨어 살고, 하루하루를 연명하기 위해, 좌판에 껌이나 사과 몇 알을 올려놓고 파는 사람들, 밤이면 몰래 빠져나와 콜라텍에 가고, 먼눈으로 타인에게 안마를 해주며 먹고사는 사람들, "늙고 병든 이민자들" "나보다 더 아프고 병든 사람"(「파수」), "경수로 안의 실험용 쥐"(「전위」) 같은, 시시각각 "더 심하게 찌그러질 수 있"(「교정」)는 존재들, "비상구"(「난초를 더 주세요」)가 어디에 있는지 항상 의식하고 살아가야 하는 사람들, "맨얼굴은 진짜 얼굴이 아니"라서 가면을 써야만 타인을 마주할 수 있는 존재들(「드레스 리허설」)이다. 김이듬은 이들의 삶을 제 시 안으로 끌고 와, 그 누추한 상황과 굴곡진 사연을, 묘사하거나 진술하는 것이 아니라, 나의 주관적인 목소리로 승화한 하나의 사건처럼 시에서 제시할 뿐이다. 김이듬에게 차이의 표식을 지워내지 않는 일은, 파편처럼 흩뜨리거나 퍼즐처럼 하나씩 주워 모으는 데 부지런한, 고유한 말을 찾아, 차이를 생성해내는 지대로 달려가고, 바로 이 고유한 말로 그곳의 이질적인 모습을 하나씩 꿰어내는 데 달려 있기 때문이다.

따라서 눈여겨봐야 할 것은 시인이, 자신 역시 "B시인"이며 "비인간적"이라고 말하고 있다는 사실, 그러니까, 여럿에게 확산된 증오의 대상이 되려고 시인이 자청하는 것처럼 보인다는 사실이다. 이 제스처는 겸양이나 객기의 귀결이 아니라, 자신의 삶과 사유, 자신이 생각하는 삶과 시뿐만 아니라, (제) 시의 윤리를 반영한 결과일 뿐이다. "더 아래로 좀더 후방으로 가면 내 뺨에 닿"는다고 말하는 시인에게 "B시는 비일비재한 시", 그러니까 바로, 시 쓰는 자기 자신의 모습이자 자신의 시이며, 그 "골목 끝"(「B시에서 일어날 일」)에 당도해서야,

비로소 제 시를 길어 올릴 수 있다고 믿는, 공동체의 입장에서 불편한 존재일 수밖에 없는 존재가 시인이라는 사실을 확인하게 되는 공간이다. 그렇다면 한 사회는 시인과 B급으로 대변되는 모든 존재들을 박해하면서 구성원 서로의 증오와 미움을 덜어낼 수 있을까? 공동체의 죄를 사하고자 하는 이 희생양을 통해, 우리는 마음의 평화를 얻어낼 것인가? 중요한 것은, 만인이 하나를 놓고 가하는 박해 속으로 자발적으로 들어가, 하나의 목소리, 그러니까 오로지 차이로만 제 존재의 개별성을 보장받는 우수리의 목소리를 통해, 시인 자신도 제 말을 부리는 특수성을 궁리하고, 그 주인이 되고자 한다는 데 있다. 중국집 "종업원"(「사과 없어요」)이나 "데스데모나 팥쥐 애너벨 리 살아난 바리데기"(「아우라보다 아오리」), 칼갈이를 파는 사람(「세상에서 제일 잘생긴 칼갈이」)이나 탐욕스러운 눈빛의 침술사(「밤의 여행자 1―목구멍만 적신 브랜디」), "분실물보관소 카운터 직원"이나 "체중계와 거울 위를 손바닥으로 쓸며 청소하는 아줌마"(「밤의 여행자 2―그럼에도 불구하고 사력으로」) 등, 사회의 가장자리에서 하루하루를 살아가는 다양한 존재들을 제 시에서 불러낸 것은, 이들 삶의 편력과 고뇌을 드러내거나, 저 노동의 가치를 섣불리 조망하고자 하는 목적에서가 아니라, 이들과 '함께', 그리고, 이들을 '통해', 자신의 내면에 거주하고 있을 시적 무의식을 끄집어내고, 그 과정에서 개별화된 언어를 고안하고자 하는 욕망이 있기 때문이다. 김이듬은 발화의 차이로 제 자신의 시적 체계에 고유성을 부여하는 노력을 통해서만 시인의 자격으로 동질성과 획일성에 저항하는 고유한 형식을 이 세계에서 발견할 것이라고 믿는다. 이처럼 공동체가 "하찮아지고 보잘것없이 더 보잘것없어지"(「하인학교」)는 희생양에게 강요하는 자기동일성의 폭력에 시인이 맞서는 일은 쓰기의 실천을 통해 차이의 시학을 발명하는, 오로지 이러한 방식으로 어떤 대결의 양상을 꾸려나가는 데 달려 있다. 김이듬의 시에서 우수리의 운명이 종종 시 쓰기의 운명과 동일한 것으로 여겨지거나, 서로 공존을 모색하는 시도가 부각되는 것은 우연이 아니다. 희생양의 삶이 어디에나 편재하는 바로 그만큼, 이 시인에게는 제 시의 대상도, 제 시의 장소도, 제 시의 목소리도, 이들과 함께 언제 어디에서나 존재해야만 하는 것이다.

> 나는 긴 목을 더 길게 빼고 들어가서 눕는다
> 목에서 허리에서 뼈 부러지는 살벌한 소리
> 내장을 터뜨리려는 듯 주무르다 압박
> 위는 딱딱하고 장은 다른 사람에 비해 아주 짧습니다
> 맹인 안마사의 부모는 젖소를 키웠다고 한다
> 형편이 어렵지 않았다는 뜻이겠지
> 나와 동갑에 미혼

고3 때부터 나빠지기 시작한 시력으로 이젠 거의 형체
만 어슴푸레 보인다는 말을
왜 내가 길게 들어주어야 하나
인생 고백이 싫다
시력 대신 다른 감각이 발달되었다는 말을 믿어주어야
하나

그의 눈앞에서 나는 손을 흔들어보고 혓바닥을 날름거
려보지만
웃지 않는 사람
자신의 굽은 등을 어쩔 수 없는
논산에서 순천 가는 길의 서른 개도 넘는 터널에 짜증
낼 수 없는
언제나 캄캄할 낮과 대낮
들쭉날쭉하는 내가 싫다

이미 누군가 다 말해버렸다 쓸 게 없다
가슴이 아프다
작아서

금천동 사거리 금요일 저녁 봄날
아무도 안 오는데 명성은 무슨
명성부동산 위층 명성지압원 간이침대에 엎드린 신세

잠들면 어딜 만질지 모르니까 정신 차리고

시를 쓴다

(화분에 씨를 심고 뭐가 될지 모르는 씨앗을 심고 흙에다
눈물을 떨어뜨려요

눈물로만 물을 주겠어요 그런데 씨가 그러길 바랄까요,까
지 쓰는데)

뭐합니까 돌아누우세요

씨알도 안 먹힐 시도 되지 않고

야하게 꾸며 나가고 싶은 저녁이 간다

지압사에게 나를 넘긴다

눈멀어가는 남자가 인생에 복수하듯 나를 때리고 비틀
고 주무른다 이러다

변신은 못 하고 병신 되는 거 아닐까

—「변신」 부분

  이 작품에는 복잡하게 이야기를 비틀어 심어놓은 난
해의 부비트랩이 발견되지 않는다. 오히려 위트와 비애
가 하나가 되어, 교차되며 움직이는 감각으로 절묘하게
빚어내었다고 해야 할 이 작품은, 심드렁하고 무관심한
태도에도 불구하고, 매우 정교한 방식에 따라, 시인과
희생양이 하나의 목소리를 내고 있다는 사실을 잘 보여
준다. "맹인 안마사"의 삶은 어쩌면 제 시의 삶, 그러니

까 시의 운명과 다르지 않을지도 모른다. "나빠지기 시
작한 시력으로 이젠 거의 형체만 어슴푸레 보인다는" 안
마사의 "말"은, 듣기도 싫고, 성가시다는 화자의 고백에
도 불구하고, 시 쓰는 자의 생리와 하나의 구심점을 이
루며, 작품을 읽어나갈수록 아슬아슬하게 시인의 말과
조우한다. 앞을 볼 수 없어 "웃지 않는 사람"은 분명 안
마사를 지칭하고 있지만, 김이듬은 바로 그 아래에 "자
신의 굽은 등을 어쩔 수 없는"이라는 구절을 붙여놓아,
"굽은 등"이 호출하는 대상을 나와 안마사에게로 동시
에 연결되게끔 이중의 가능성을 열어놓는 일을 잊지 않
는다. 두 행 사이의 연관 관계가 모호하게 처리되었음에
도, 이 작품이 매우 느슨한 방식으로나마 시와 맹인 안
마사의 운명을 하나로 묶어내고 있다고 봐야 하는 이유
가 바로 여기에 있다. 결국 "간이침대에 엎드린 신세"
로 전락하여, 묵묵히 안마를 받다가 문득 떠올린 시 구
절("화분에 씨를 심고 뭐가 될지 모르는 씨앗을 심고 흙에
다 눈물을 떨어뜨려요 / 눈물로만 물을 주겠어요 그런데 씨
가 그러길 바랄까요")은, 감정을 최대한 덜어내고, 의도
를 적절하게 감춘 상태에서, 제 시의 운명과 맹인이 된
안마사의 그것을, 결국 하나로 비끄러매고 만다. 이후
의 구절들도 상황은 동일하다. "씨알도 안 먹힐 시도 되
지 않"을 것이라는 제 생각과 "인생에 복수하듯 나를 때
리고 비틀고 주무"르는 맹인 안마사의 행위는 느슨한 교

집합처럼 한데 묶이면서 부분적으로 포개지는 것이다. 이처럼 "변신은 못 하고 병신 되는 거 아닐까"라는 마지막 구절이 시 쓰는 자의 불안한 예감을 반영하고 있다는 사실을 우리가 알게 되는 순간은, 김이듬이 나와 타자를 통해 하나의 목소리를 울려내기 위해, 작품 전반을 능숙하게 조율해낼 줄 아는 시인이라는 사실을 알게 되는 순간이기도 하다. 이러한 구조는 여러 작품에서도 관철되고 있다.

가령 「교정」 같은 작품도, "다시 돌아오지 못하는 사람들"의 이야기로 시작했지만, 시인과 이들이 결코 따로 갈 수 없다는 사실은 명백해 보인다. 소외되고 억압된 자들의 삶을 투시하게 된 시인이 마지막에 이르러 내는 목소리, 가령 "철거 구역 골목길을 두리번거리며 오르는 코를 쥐고 쓰레기를 뒤집어보는 나는 무엇을 잃어버린 것일까"(「교정」)와 같은 결구는, 시인으로서 갖게 되는 자기반성 역시, 내가 입사한 타자라는 존재를 통과하여 발화된 말과 다르지 않다는 사실을 알려준다. 벌거벗은 생명들이 살아가야 하는 세계가 그들만의 고유한 질서로 재건되거나 아예 새롭게 만들어져야만 하는 것이라면, 그들의 세계에 뛰어들어 그들과 함께 울려내는 시인의 목소리는 벌써 속죄하는 자의 그것에 가까울 수밖에 없다.

146

내 영혼은 중고품입니다 수거함에서 꺼낸 붉은 스웨터
처럼 팔꿈치가 닳고 닳은 영혼입니다 누군가 미처 봉하지
못하고 떠나보낸 기억입니다 불현듯 바다에서 솟아올랐거
나 화산에서 흘러내린 먼지입니다

　　　　　　　　　　　　　　　　—「빈티지 소울」부분

　　그러나 오늘같이 고요한 날
　　죽은 이의 숨소리가
　　이토록 가능한 건지 어디에서나 아무 데서나

　　지금 말하지 않으면 안 될 것 같아서
　　서서히 죄의식의 강도도 희미해져가서

　　　　　　　　　　　　　　—「언령(言靈)이 있어」부분

이제 내려간다. 나는 내려가는 그들을 물끄러미 본다.
〔……〕셀 수 없는 탄환이 날아왔지만 수십억 별들이 빨려
든 천궁처럼 관통된 구멍은 하나다.

　　　　　　　　　　　　　　　　　　—「밀렵」부분

　　그 어떤 형태건, 타자를 부정하는 행위를 우리가 폭력
이라고 부른다면, 폭력은 배제라는 마법의 힘에 기대어
구체적으로 제 위력을 발휘하기 시작한다. 버리고, 거
부하고, 배제하는 행위로부터 자유로울 수 있는 사람은

없다고 해야 한다. 사라짐은 매우 상대적이고 인위적이며, 경우에 따라서는 그저 상징적 사라짐으로 고정되거나 그렇게 망각되는 경우가 우리의 삶에서 너무나 자주 벌어지기 때문이다. 누군가 양탄자 밑으로 더러운 오물과 온갖 잡스런 먼지를 한꺼번에 쓸어 넣고 있을 때, 누군가 이 양탄자를 들추어낸다면(아니 그러고자 한다면), 과연 무슨 일이 우리를 기다리고 있을 것이며, 들추어낸 자는 그 대가로 무엇을 지불해야 하는 걸까? 시인은 한 사회의 구성원들을 생존 가능하게 해준 실질적 주체가 희생을 치른 자들이라고 생각하고 있는 것은 아닐까? 사회에서 정신의 주기를 가로지르려고 통념의 횃불을 손에 쥐고 구령을 외치는 자들은 여전히 심연의 구령 가장자리에서 그 구령을 향해 최후의 조치와도 같은 빛줄기 하나쯤을 던질 수 있노라고 다짐하고 있을지도 모른다. 그러나 그들이 던진 횃불로 어두운 세계가 환하게 밝혀질 거라는 믿음의 이면에는 발가벗은 생명을 언제고 쓸어낼 수 있다는 착각이 자리한다. 이 사회에서 이들을 격리하거나 크고 작은 단속이 불가피할 수도 있다는 믿음에 이미 그 믿음의 주체를 붕괴시킬 위험성이 도사리고 있다는 사실을 그렇다면 누가 감지하는가? 김이듬은 "이상한 구도의 그림 위에 입체적으로 올라앉은 고깃덩어리"와 같은 존재들을 마주하여, 오히려 그 "재를 뒤집어쓰겠어 죄투성이가 되게 해주세요"(「재의 골짜기—팔등신의 이야기」)라며, 한없이 낮은 곳으로 향하고 끊임없이 아래로 침몰하는 속죄양의 길을 택한다. 속죄의 주체가 되어 시라는 제의를 치러내지 않을 때, 혼란을 일으킬 수밖에 없는 어떤 에너지가 이 시인에게 내재하고 있는 것이 아니라면, 가족 이야기나 일상사에서 빚어진 지극히 평범하고 자잘한 사건을 밑감으로 삼아, 시시각각 흩뿌린 파편처럼 백지 위에 쏟아내는 그의 저 말들의 행렬을 어떻게 설명할 수 있을까. 그에게 속죄 행위는 의도적인 배제와 나태가 야기한 기만에 대항하는 형식의 하나이며, 한 사회의 폭력을 읽어내는 시인의 고유한 방식이자, 폭력을 기술하는 쓰기의 순간이며, 폭력에 침투하는 예기치 않은 기습이자, 폭력의 대상이 되어서만 토해내는 낯선 발화 행위와 무관하지 않다.

3. 이접(移接), 기이한 관대의 형식

김이듬의 시에서 충돌을 야기하는 구문의 배치와 낯선 것을 끌고 와 하나로 붙여나가며 한 편의 시로 주조해내는 이접은, 어떤 구심점 안으로 끝내 병합되지 않는 삶의 이질적인 단면들을 그 상태 그대로 표현해내는 고유한 방식이다. 이접은 김이듬의 시에서 시적 화자의 특이한 심적 상태와 거기서 빚어진 기이한 사태와 그것

을 보존해내는 어떤 순간을 기술하는 데 복무한다. 이
접은 반대편으로 나아가려는 벡터의 향방을 마주 보게
해, 충돌시키려는 대결 구도를 만들어낸다. 따라서 서
로 마주 보는 총구와 같은 구문과 통사의 배치를 주도하
는 이접은, 정(正)과 반(反)의 거칠고 투박한 대립과 이
사이에 유지되는 팽팽한 긴장을 시에 내려놓으며, 쉽사
리 합(合)의 도출을 낙관할 수 없는 현실과 정과 반이라
는 자명한 구분 안에 안전하게 거주하며 대면을 회피해
온 삶의 이면들과 사회의 무의식을 언술의 차원에서 실
현하려는 의지의 소산이다. 가령 「아우라보다 아오리」
같은 작품은 '사과를 파는 노파를 순간적으로 주시하기'
(1연, "사도 그만 안 사도 그만"), '버스를 기다리는 짧은
시간'(2연, "타도 그만이고 안 타도 그만") '버스 뒷자리
에 졸기'(3연, "어쩐지 나는 무호흡의 깊은 잠을"), '평범
한 연인과의 신의주 시내에서의 수영하는 꿈'(4연, 5연),
'선잠에서 깨어남'(6연, "눈을 뜨네 나는/아우라가 사라
지네"), '운전기사 쪽으로 굴러가는 푸른 사과를 보기'처
럼, 연관 관계에서 벗어난 것들을 이접해낸 독특한 구성
을 보여준다. 이 작품에서 군데군데 있어야 좀더 적절해
보일 대목이나 낱말을 지워낸 듯한 인상을 주는 구성은,
단순하게 기교를 부린 결과가 아니라, 불행을 견뎌내야
하는 삶과 "현실은 꿈 없는 예외적 시간"이라는 주제 의
식으로부터 도출된 "가망 없는 도망"과 긴밀하게 호응

하면서 특수성의 한축을 담당하는 것이지 우연의 산물은 아니다. 현실에 대한 직시와 포기의 감정은, 문장이나 문단 사이의 논리적 흐름을 취하하거나, 토막을 내고, 생략을 동반한, 한 박자 빠른 거침없는 서술로 되살아나, 시의 머리와 꼬리, 그 어디를 서로 이어 붙여도 연결이 가능하여, 독서의 복수성을 보장하는, 매우 현대적인 작법을 통해서만 표출되는 것이다. 김이듬의 시에서 자주 목격되는 이러한 문장들 사이의 낯선 접합과 단락 간의 이질적인 배치는 형식과 의미가 시에서 결코 따로 놀지 않는, 독창적인 목소리를 만들어내는 원동력이다. 그러니까, 내용은 반드시 형식을 통해서만 제 가치의 실현 가능성을 시에서 타진할 수 있는 것이다. 예컨대, 서먹서먹한 분위기에 대한 기술은 이접을 통한 서먹서먹한 말의 운용을 경유해서만 우리에게 당도하는 것이다.

　장 시인과 나는 서울 가는 길이다. 그가 운전하고, 나는 서먹하게 얻어 타고, 각기 다른 행사장으로, 다른 목적으로, 입을 닫고, 귀는 노루귀풀, 열성이라 눈이 와도 눈을 받을 수 없는, 참 안됐다, 그 풀은 무월리(撫月里) 뒷산에서 봤다. 무(撫)는 애무할 때 손은 버리라는 말일까, 손을 놓쳐 비틀거리며 쓰러지는 날이 잦다.
　　　　　　　　　　　　　　　　　　　—「팬레터」 부분

비교적 간단해 보이는 구성이지만 생각보다 단순하지 않다. 부자연스러운 분위기를 표현하기 위해, 직접화법이나 간접화법의 교차 서술은 물론, 자유간접화법마저 구사하고 있기 때문이다. 그러나 이것으로 다가 아니다. 자세히 들여다보면, 구두점의 사용은 물론, 모든 화법이 서로 이접되면서, 어정쩡하고 서먹서먹한 분위기를 담아내는 데 성공적으로 합류하며, 여기에는 우선적으로 문장의 구성적 차원에서의 노력이 자리하는 것이다. 우리가 미처 인용을 하지 않은 첫 부분을 잠시 참조하면, 이 작품은 교도소에서 복역 중인 어느 죄수에게서 팬레터를 받은 일과 그때의 어색한 감정을 모티프로 삼았음을 알게 된다. 이 작은 모티프는 맥락에서 탈구된 이후의 대목에 이르러도, 시인 자신의 위선과 가식을 되돌아보는 계기로 되살아나고, 나아가 여전히 탈구된 맥락 안에서, 시 쓰는 자의 허위의식과 시인 자신의 내면에 자리하는 무의식적 욕망이 시에서 솟아오르는 사건과 기이하게 연결되고 만다. 마지막 구절을 인용할 필요가 있겠다.

홀쩍거린다. 이상하게 쾌활해진다. 엉겁결로 가는 문간에서 나는 쓴다. 기분이 나쁜 날에는 그늘을 충분히 어둡게 둔다. 아무것도 보이지 않아서, 나에 대한 반동으로 나는 변할 것인가. 이렇게 시도 아닌 것을 적는 한여름 밤에는 지상의 모든 새가 울고 저놈 검은등뻐꾸기가 유별난 소리를 낸다. 시에 무슨 제재를 가하는, 바보 같은 짓, 제목을 붙이려면 죄목을 짓는 것 같아 두렵다.

　문두에서 던진 물음을 다시 꺼내들 때가 되었다. 시 앞에서 날마다 허물어지는 영혼이 있는 것일까? 아주 작은 허위나 가식, 그것이 벌여놓은 해프닝이나 사소한 사건에서조차, 속죄의식에 사로잡히는 그는, 오로지, 오직, 시밖에 없는 삶을 온몸으로 받아내며 시인으로 살아가고 생존할 가능성을 타진할 수밖에 없는 사람이라고 해야 할지도 모른다. 이처럼, 또 하나의 빼어난 작품 「너라는 미신」에서 병상에 누워 있는 아버지와 수목원 나들이에서 만난 사람들의 이야기도, 다른 공간과 다른 시간에서 진행된 일을 들고서, 보란 듯이 서로를 엇세우고 이접해내면서 시인은 미안함, 죄의식, 속죄 의식을 자기 목소리로 담아내는 데 성공한다. 나들이 간다고 두고 온 "변을 비비는 아버지"와 거기서 만나게 된 "어디선가 본 듯한" "히죽히죽 어슬렁거리"며 "내게 다가"와 "먹다 남은 음식 좀 달라고" "연신 손바닥을 비비"는 걸인이 '비빈다'는 동사를 공통의 축으로 삼아, 서로 이접되어, 시 안에서 제시될 때, "반성수목원"이라는 알레고리가 모른 것을 하나로 수렴해내며 빛을 뿜어내기 시작한다. 이러한 과정을 통해 기이한 모습으로 시에 들어차는

것은, 그 어디에도 속하지 못하지만 그 무엇 하나 벗어
날 수 없는 자신의 모습과 타자를 통해, 타자에게 느끼
는 나의 죄의식이다. 마지막 구절을 인용한다.

동료든 아버지든 내 가슴속에서 도려내고 싶은 구역질
나는 미신 엉덩이 털고 일어나 나는 풀밭으로 뛰어간다 푸
덕거리하듯 떡과 밥 사이로 쓰레기 오물과 웃으며 뒤집어
지는 사람들과 배불러죽겠는 사람들과 걸신과 환자 사이
로 펄쩍펄쩍 넘어 다닌다 얼추 미친년처럼

시의 첫머리에서부터 영문을 모른 채 불려나온 이질
적인 존재들은 결국 결구에서 이질성을 보존하는 동시
에, 서로 연결된 실체로 집결하여, 시인을 예기치 못한
환경과 조건으로 초대한다. 제 삶을 둘러치고 있는 각기
다른 준거와 소속, 거기에 마땅히 부합해야 하는 처지
와 지켜야 하는 의무가 "반성 수목원"이라는 알레고리
를 기점으로 기묘하게 모여, 시인의 다중적인 감정 상태
를 절묘하게 표현해내는 데 크게 일각을 보탠다. 여기에
는 물론 문장성분으로서 제 역할이 모호해진 "나는"도
한몫을 거든다. 처음으로 등장한 "나는"은 주어만이 아
닌 것이다. 그것은 "구역질 나는"과 "나는", 이렇게 두
가지 이상의 상이한 기능으로 제 특성을 확장하면서, 아
버지와 걸인을 하나로 포개어 생각해야만 하는 내 얄궂

은 처지를 표현하는 데 있어 더없이 훌륭한 역할을 수행
해내는 것이다. "반성수목원"의 아이러니가, 작품에서
생생하게 살아나는 것은, 말할 것도 없이, 이접에 바탕
을 둔 구성 때문이며, 이접을 알리바이로 삼아 작동하는
알레고리의 힘 덕분이다. 김이듬의 시에서 이접은, 이처
럼 논리적으로 설명하기 어려운 어떤 상태를 시에 결부
시키고, 이에 가장 적절한 구문을 만들어내는, 그 자체
로 시의 특수성의 한 축을 담당한다고 할 수 있다. 수없
이 출몰하는 이 이접의 문법이 어떤 식으로 독서의 복수
성을 견인해내는지, 「밤의 여행자 2 ─ 그럼에도 불구하
고 사력으로」의 한 구절을 예로 삼아 살펴보기로 하자.

    이 아무것도 아닌 저질의 빛이 곱지도 않은 삐뚤어진 속
  악한 누군가 보다가 구역질이나 할 나는 가짜라고 분류될
  그 아무 가치도 없는 누군가 주워 갔다가 던져버릴걸 그
  전에 내가 찾아서 없애버려야 해

  어느 날, 어느 곳에선가, 나는 귀고리 한 짝을 잃어버
렸다. 찾으려 애써보지만 그 귀고리는 "마트 지하 피팅
룸"에도, "나무 깔개를 들춰봐도" 눈에 보이지 않는다.
"하수구 뚜껑을 손으로 훑"어도 소용없다. 사방을 찾아
나는 헤맨다. "청소하는 아줌마"에게 물어보니, 그거 비
싼 거냐고, 큰 거냐고 핀잔과 구분되지 않는 대답만 들

을 뿐이다. 위에 인용한 구절은 그와 같은 일련의 소란
이 있은 후, 시인에게 찾아온 어떤 의식의 상태를 표현
한 것이다. 과연 어떤 복수의 해석 가능성이 열렸는가?

1. (이 아무것도 아닌) 〔,〕 (저질의) 〔,〕 (빛이 곱지도
   않은) 〔,〕 (삐뚤어진) 〔귀고리.〕 / (속악한 누군가)
   〔그 귀고리를〕 (보다가) (구역질이나 할) 〔귀고리〕 /
   (나는) 〔,〕 (가짜라고 분류될) 〔귀고리를〕 (그 아무
   가치도 없는) 〔귀고리를 찾아다녔다〕 / (누군가 주
   워갔다가 던져버릴걸) 〔그랬을 귀고리〕 / (그 전에
   내가 찾아서 없애버려야 해)

2. (이 아무것도 아닌 (저질의 빛이 (곱지도 않은 (삐
   뚤어진)) 속악한)) 누군가))) / (보다가 구역질이
   나 할 나는) / (가짜라고 분류될 그 아무 가치도 없
   는) 〔나는.〕 / (누군가 주워갔다가) 던져버릴걸)) /
   (그 전에 내가 찾아서 없애버려야 해)

3. (이 아무것도 아닌 저질의 빛이) / (곱지도 않은
   (삐뚤어진 (속악한 누군가))) / (보다가 구역질이
   나 할) 〔귀고리〕 / (나는 가짜라고 분류될 (그 아
   무 가치도 없는 누군가)) 〔이다.〕 / 〔누군가〕 (주워
   갔다가) / 〔아무렇게〕 던져버릴걸) / (그 전에 내가

찾아서 없애버려야 해.)

4. (이 아무것도 아닌) / (저질의 빛이 곱지도 않은) /
   (삐뚤어진) 〔,〕 (속악한 누군가) / (보다가) / (구
   역질이나 할) / (나는 가짜라고 분류될 그 아무 가
   치도 없는) / (누군가 주워갔다가 던져버릴걸) (그
   전에 내가 찾아서 없애버려야 해)

* (/ = 통사 구분의 대단위, ( ) = 의미의 단위, 〔 〕 = 삽입한 구절)

   임의로 제시해본 위의 네 가지 방식 외에도, 독서의
가능성은 사실상 무한히 늘어날 것이다. 그럼에도 이 대
목은 시인이 마음대로 줄이고 늘리며 첨삭을 가한 자의
적인 조작의 결과가 아니라, 문어(文語)와 구어(口語)의
경계를 현란하게 교란하고 결국 둘의 구분을 취하고
붕괴한, 김이듬에게 고유하고 특수한 글쓰기의 한 형식
이라고 해야 한다. 형식과 의미가 서로 분리될 수 없는
관계에 놓여 있다는 생각이 없었더라면 구사하기 어려운
문장이기도 하지만, 이 대목은, 파편처럼 뒤섞인 이접의
글쓰기를 통해, 제가 당도한 마음의 상태를 적어내고자
했다는 사실과, 그러한 시도 자체가 김이듬에게 벌써 지
난한 시적 모험이라는 사실을 알려준다. 앞의 두 연에서,
시인은 잃어버린 귀고리 한 짝을 찾기 위해 "7층부터 지

하까지 뛰어다"니며, 온갖 사람들을 만나고 그들과 부딪쳐야 했으며, 그러한 과정에서 우연히 방문하고 목격하게 된 온갖 풍경들을 그리고 있다는 사실을 염두에 둔다면, 우리가 독서의 가능성을 넷으로 확장해본 대목은 바로 이와 같은 상태, 그러니까 귀고리를 찾아 헤매는 저 짜증 나는 과정과 그 과정에서 겪게 된 기이한 경험을 통해 보고 들은 모든 것이 시인의 뇌리 한구석에 잔상처럼 남겨져 떠돌고 있는 바로 그 상태를, 문장의 구성을 통해 적시해내고자 한 의지로부터 창출된 결과라고 해야 한다. 만약 우리가 여기서, 비교적 의미-논리-통사의 질서를 존중해 이에 따라 경계를 나누어서 제시한 앞의 세 가지 경우보다, '나에 대한 처벌'을 감행한 대목으로 읽으려 시도한 네번째 제안을 선택해야 한다면, 그것은 이 네번째 제안이 '잃어버린 하찮은 귀고리'를 찾아 헤맨 독특한 경험이 '나'와 교집합을 만들어내고, 결국 내 목소리를 통해 그 경험을 받아들여 표현하고 있는 구성이라는 인식하에 감행한 독서이기 때문이다. 김이듬의 시에서 우리가 주목해야 하는 특수하고도 중요한 지점은 바로 이것이다.

　　아아 모든 면에서 겹쳐 보인다 나의 난시는 불안에 떠는 시
　　들킬 정도로

재가 된 골짜기로

심장을 그을렸다 사라진 재의 문장으로

—「재의 골짜기—팔등신의 이야기」부분

"내게 다른 이의 명찰을 붙여도 재밌어"(「범람」)라는
말은 따라서 위선이나 허세가 아니다. 김이듬의 이접은,
버려진 것, 잊힌 것, 소홀히 한 것은 물론, 생활에서 마
주치게 된 세상의 모든 우수리에게로 다가가는 문법이
며, 거기서 겪어낸 경험을 반영하고자 특유의 말과 감성
을 바탕으로 시인이 제 시인으로써의 존재 가능성을 타
진해나간다는 사실을 알려주는 고유한 표식인 것이다.
김이듬에게 이 이접은 물론, 알레고리와 불가분의 관계
에 있다.

4. 알레고리, 여전히 알레고리

이전의 시집과 마찬가지로 김이듬의 이번 시집에서
도, 우리는 거개의 시들에서 뿜어져 나오는 알레고리의
힘과 그 기묘함을 목격하게 된다. 그는 가만히 무언가
를 주시하고, 그 성찰의 결과로 삶의 지혜를 길어 올리
는 시인이 아니다. 그는 우연히 길을 지나가다가 무언가
를 보고, 내가 보거나 내 눈에 비친 무언가가, 나를 어디

에론가 이동시킨 예기치 못한 이행에 제 몸을 내맡길 줄 알며, 그렇게 마주치게 된 모든 것들을 그러모으고 담아낼 적절한 구문을 고안할 줄 아는 몇 안 되는 시인이다. 그의 시가 '무시간의 시간대'에서 날아오르고, 과거의 풍경이나 아직 당도하지 않은 것들을 바로 그 무대 위에다가 서로 섞고 흩뜨리는 방식을 통해 제시해낸다면, 이 역시 알레고리 덕분이다. 백지 위로 끌려 나온 것들은 연결되기 어려운 것들이 단 몇 초 사이에 이합하고 집산하며, 아주 짧은 시간의 기억을 압축적으로 풀어놓은 모양새를 하고 있는데, 이 역시 알레고리 덕분이다. 중요한 것은, 이때 세계가 바뀌고, 미지의 경험이 선사한 자유로움을 적어나가는 그 힘에 우리가 모종의 충격을 받게 된다는 데 있다. 시간-공간-사건이 시에서 주관성의 몸놀림을 통해 새로운 질서를 예비하는 것도 바로 알레고리를 통해서이다.

「빈티지 소울」이나 「못」, 「운석이 쏟아지는 밤에」나 「치명적인 독」 같은 작품은 김이듬이 예나 지금이나, 빼어난 알레고리의 시인이라는 사실을 잘 보여준다. 우선 「빈티지 소울」을 살펴보자. 물건을 주문했다. 그런데 내가 주문한 카메라는 오지 않고, 포장된 박스 안에 벽돌 한 장이 달랑 들어 있다. 사기를 당한, 실제로 겪었을 법한 이야기다. 그런데 이 시인은 "사소한 사기가 삶이었지요"라고 운을 뗀 후, 엉뚱하게도 "예전엔 나귀 가죽하고 밀가루를 교환하다 시비가 붙어 칼에 찔려 죽을 뻔했"다며, 본인이 읽은 것이 분명한 (프랑스) 소설을 참조해 과거의 어딘가로 훌쩍 이동해버린다. 그렇게 해서 "금화 몇 닢 받은 후 양피지를 보내지 않은 적도 있"다는 진술을 불러낸 후, 태연하게 현실로 되돌아온다. 그러나 내가 소포를 받은 곳으로 회귀한 것은 아니다. 그곳은 벌써 사라지고 없다. 이번에는 수직이 아니라 수평으로 이동을 감행한다. "저 교회 벽돌도 내가 붙인 것 같습니다"라는 말처럼, 그곳은 지금-여기의 어느 지점이 분명하지만, 연결고리는 사기 사건과 "벽돌"밖에 없어, 그마저 확실하다고 말할 수조차 없다. 그러나 이동은 이걸로 끝을 바라보지도 않는다. "벽돌"은 모든 이질적인 것을 이접해내는 알레고리가 되어, 나를 "오래전 애급에서 벽돌을 구워내던 노예"가 되게도 하고, "무너지던 벽돌 더미에 깔려 죽"은 누군가로 둔갑시키기도 한다. 그러자 이번에는 '사기'를 알레고리로 삼아 무언가를 궁리하기 시작한다. "사기 치다가 걸려 톱니바퀴에서 고문당하던 상인"과 "콩고 강 하류에 던져진 번제물", "언덕 꼭대기 대성당에서 목탄으로 모작을 그리던 인부"와 "들판에서 나뭇잎으로 성기만 가리고 누워 행인을 기다리는 창녀"가 자기 자신이었을 거라고 말하는 근거는 '사기'라는 알레고리 밖에 없는 것이다. 이렇게 해서 김이듬은 역사 속에서 제가 처할 수 있는 모든 가능성과 그

모습을 현실에서 겪은 제 소소한 경험과 충돌시키면서 중첩의 가능성을 최대한 늘려나간다. 그러자, 시는, 흩 뿌리듯 소환해내는 이 과정을 통해, 어느덧 시인의 알 수 없는 운명과 불확실한 삶을 고지하는 기이하고도 독 특한 이야기로 둔갑해버린다. 김이듬이 "사용한 어휘 가 운데 그 어떤 낱말도 단번에 하나의 알레고리가 되도록 예정되어 있지 않"으며, "낱말은 경우에 따라, 문제의 내용에 따라, 정탐되고 포위되고 점령될 차례를 맞이한 주제에 따라, 그 알레고리의 임무를 받아들"일 뿐이다. 시인은 이렇게 자신에게 "시를 의미하는 기습을 위해 자 신의 고백조 이야기 속에 알레고리들을 투입"[2]하는 것 이다.

중요한 것은 이러한 연상 작용이 구체적인 경험에 뿌 리를 내리고 있다기보다는, 그 경험의 불똥과도 같은, "벽돌" 하나에서 착안된 결과에 불과하다는 것이다. 이 렇게 시에 불려 나온, 알 수 없는 역사 속의 저 운이 없 었던 주인공들은 논리적이고 합리적인 의미의 연관 망 에서 벌써 벗어나, 미지를 현실로 견인해 오는 주체가 된다. 알레고리를 통과하여 현실로 다시 돌아온 나는, 그러나 이미 이전의 내가 아니다. "벽돌" 하나를 기점으 로 나란히 포개어진, 서로 낯선 경험들을 끌어안고서 세

2) 발터 벤야민, 『보들레르의 작품에 나타난 제2제정기의 파리』, 김영옥·
  황현산 옮김, 길, 2010, pp. 173~74.

상을 바라보는 나는, 이미 '벽돌 사기'를 체화한 나, 그러니까 제아무리 현실로 되돌아왔다고 해도, 이미, 노예와 창녀와 사기당한 상인과 인부의 삶을 내재한 나, 그들이 내는 크고 작은 미지의 목소리로 내 시를 잣는 주체가 될 수밖에 없다. 이렇게 타자들과 섞이는 과정에서 "중고품"이 되어버린 "내 영혼"은 "수거함에서 꺼낸 붉은 스웨터처럼 팔꿈치가 닳고 닳은 영혼"과 "누군가 미처 봉하지 못하고 떠나보낸 기억", "불현듯 바다에서 솟아올랐거나 화산에서 흘러내린 먼지"와 마찬가지로, 알레고리의 화신, 알레고리의 결과, 알레고리의 주재자가 된다. 김이듬은 이러한 방식으로, 우수리의 삶을 자발적으로 제 시 안에서 끌어안고, 그들이 겪었을 경험에 자의 반 타의 반 입사하여 체득한, 의사—목소리에 기대어 현실의 삶을 살아갈 수밖에 없는 운명을 기어이 짊어지려 한다. 부연하자면, 사실 이 시에서 알레고리는 이 정도의 사태에서 마무리되는 것도 아니다. "벽돌"과 "사기"는 역사 속에서 운이 없었던 사람들, 그러니까 우수리 같은 존재들을 지금—여기에 불러내고, 결국 그들의 흔적을 간직한 장소에서 내가 시를 새긴다는 알레고리로 거듭나기 때문이다.

　때때로 나는 처음으로 근사한 말을 떠올리지만 그 문장은 이미 내가 사막에서 벽돌을 굽다 지루해서 돌 위에 새

겼던 말입니다 어딘가 처음 가보아도 언젠가 꼭 와서 살았
던 곳 같습니다 내게 처음은 없지만 매 순간 처음처럼 화
들짝 놀랍니다

—「빈티지 소울」 부분

　이처럼 김이듬의 시에서 알레고리로 포착된 것은 "일
상적인 삶들의 연관성에서 분리되어 다른 질서 안에서
포섭"되며, 그것은 또한 "분쇄되는 동시에 보존되는데",
그 이유는 "알레고리가 잔해를 붙잡"[3]고 있다. 작은 사
건 하나에서 시작하여, 이야기를 하나씩 덧붙여나간 이
작품에서 알레고리는, 예민하고 애매하며, 때론 정황을
상실해 난삽하다고 말할 수밖에 없는 풍경을 기습적으
로 내려놓고서, 서로 다른 기억과 경험되지 않은 의사
체험, 실제로 경험한 시련과 그 감정을 몽타주처럼 중
첩시킨다. 그 언어는 파편적이어서, 어떤 시점을 취하
는지, 어디서 제 이야기가 시작되는지, 그 여부를 파악
하기 어려운 경우가 대부분이지만, 그럼에도 논리와 이
성에 일방적으로 기댄 지적 판단을 유보하는 알 수 없는
목소리의 세계로 우리를 안내할 것이다. 다른 작품들도
알레고리에 붙들리기는 마찬가지이다.
　무엇인가에 박혀 있는 단단한 못, 무언가를 고정시키

---

3) 발터 벤야민, 『아케이드 프로젝트』, 조형준 옮김, 새물결, 2005, p.
786.

는 못의 저 성질에서 착안하여, "아무 취미도 없이 퇴근하면 못을 빼고 휴일에도 못을 빼고 달밤에도 못 뺐다고 한" "삼촌"과 "고집스런 나의 못을 빼는 재미를 누렸을" "내 부모"를, 할머니의 장롱에 대한 추억을 불러내고, 그 과정에서 "목숨이 붙어 있는 사물들"과 "가슴에 오목하게 팬 작은 못에서 드디어 피라미만 하게 놀던 내 영혼"을 서로 이접시켜낸 작품 「못」을 지탱하고 있는 것도 바로 이 모두를 수직으로 관통하는 '못'이라는 알레고리이다. 「드레스 리허설」에서도 "피겨 퀸은 빙판 위에/댄싱 퀸은 콜라텍에"가는 두 명의 등장인물을 대비시켜 이끌어낸, 이질적인 두 가지 "쇼"를 서로 충돌시켜, 공존할 수 없을 것만 같은 상태를 시에서 나란히 병치시켜 나간다. 그렇게, 시의 시간과 공간을 한없이 벌려놓고, 벌어진 그 틈 사이에 자신이 "스톡홀름"에서 겪었던 이야기, "눈앞의 투명 프롬프터를 읽듯 대사를 전달"했던 낯선 경험을 기습적으로 내려놓는다.

알레고리는 김이듬에게 과거와 현재를 교차시키는 충돌인 동시에, 이로 인해, 알 수 없는 시제를 시에 결부시켜 예기치 않은 결과를 만들어내는 게토이며, 시인 자신이 시인 자신을 처벌하는 일종의 제의를 통해서만, 시인이 시인이라는 자격으로 세계를 살아낼 수 있다는 사유를 실천해 보이기에 가장 좋은 시적 형식을 김이듬에게 부여해준 것으로 보인다. 이성적이고 합리적인 시선

저편 건너에, 나 모르게 휘감겨 타오르는 불확실한 감정이, 우리 기억의 주변에서 아우라가 되어 떠돌고 있을 때, 김이듬은 이 아우라를 알레고리에 의지해 지금-여기로 불러내면서 "예술, 사랑, 쾌락, 후회, 권태, 파괴, 지금, 시간, 죽음, 공포, 슬픔, 악, 진리, 희망, 복수, 증오, 존경, 질투, 사념"[4]에 관한 걸출한 목록 하나를 만들어내고, 이 목록 위에 자신의 감정을 덧붙여내며, 벌거벗은 생명들과 시 쓰는 자아를 이 목록의 주체로 등재하는 일을 잊지 않는다.

    네번째 운석이 마을 개울에서 발견되던 날 아침
    대기권에서 낙하한 유성체 파편이 내 머리에 박혔다 나는 비틀거리며 주저앉아 검찰이 시키는 대로 검찰청 홈페이지에 접속하여 해당 공소장을 확인하고 보안카드 내역을 입력했다 불타는 행성처럼 만신이 뜨거웠다 두 시간 넘는 힘겨운 통화 후에 대포통장 피의자 혐의에서 풀려났다

    사건신고서를 썼다 보이스피싱에 낚이는 사람이 바보라고 이해가 안 된다며 혀를 차는 사람들 속에서
    나는 땅을 보고 걷는다
    내 곁에 황금이 내려와도 축구공만 한 운석이 떨어져도

---

4) 발터 벤야민, 『아케이트 프로젝트』, p. 786.

나는 모른다

들소처럼 밟고 지나가겠지

그 며칠의 햇빛은 나를 조롱하고

날린 돈이면 오로라도 볼 텐데

별이 빛나는 밤이 계속되었다 그리하여 이렇게 소름이
돋는 동안

운석도 날벼락도 지속적으로 떨어질 것이다

　　　　　　　　　　　　　—「운석이 쏟아지는 밤에」 부분

　김이듬의 시에서 "알레고리적 직관의, 분쇄하고 분열
시키는 원칙이 관철되고 있다"[5]고 한다면, 그것은 상징
을 이루는 의미의 연관성으로부터 비교적 자유로운 구
성과 구어와 문어의 혼용을 통한 문장의 운용을 통해,
작품 곳곳에 새로운 통로를 내고 있기 때문이다. 상징이
단호하고, 견고하며, 기원에 도달하려는 열망으로 제 정
체성을 시에서 관철시키려 한다면, 알레고리는 산만하
고, 어지럽고, 이질적으로 자신의 겹을 늘려나가는 일에
관심을 둘 뿐이다. 상징이 항상, 기다리는 답을 어딘가
(우주—자연—서정)에 숨겨두고 있다면, 알레고리는 예
측할 수 없는 미지의 답을 우리로 하여금 (미지의 현실에

---

5) 발터 벤야민, 『독일 비애극의 원천』, 최성만·김유동 옮김, 한길사,
　2009, p. 311.

서) 추정하게 만든다. 달을 가리키는 것이라면 응당 달을 봐야 한다고 주장하는 것이 상징이며, 가리키는 손가락의 모양새를 향해 우리의 시선을 분산시켜, 세상에 각기 드리운 달빛의 편린들을 어수선하게 펼쳐놓으려는 것이 알레고리인 것이다. 알레고리의 시선에는 큰 부분이 보이지 않는다는 사실은 크게 중요하지 않다. 알레고리의 시인들은 작은 것을 놓치지 않는 것이 삶과 세계의 좌표를 만들어낸다고 생각하기 때문이다. 이렇게 알레고리의 시인들에게 적절한 물음은 처음부터 준비되는 것은 아니다. 파편적이고 단편적인 사고가 모여 집합을 이루어내는 과정에서, 미지를 향한 질문 하나가 도출될 수도 있기 때문이다. "우리 동네에 운석이 떨어졌다"라는 첫 문장에서, "보이스피싱" 사건을 돌아 나오는 동안, 이질적이고 다채로운 사유들이 하나로 모이고 다른 곳으로 흩어지며, 새로운 말의 활로를 뚫고 우리를 앞을 향해 전진하게 만드는 질문을 선사한다면, 그것으로 이미 충분한 것이다.

알레고리의 시선에 포착된 세계에는 자기 부정을 통해 감싸 안는 존재들로 가득하며, 이 부정하는 알레고리의 시적 삶은, 어쩌면 현대의 문화적 특수성을 결정하는 중대한 사건일 수도 있다. 삶이 자기를 부정하는 양상을 드러내는 일은, 고유한 목적을 지닌 일체의 분석이 밝혀낼 수 없는 이질적인 미지를 향해 이행하기 때문이다.

그것은 내재하는 삶이자 구체적인 삶이지만, 그 자체로 감각의 확장 가능성을 매몰차게 저버리는 것은 아니며, 특별한 존재의 가치를 옹호하는 것도 아니고, 특정 대상의 진리를 숭상하는 몸짓을 선호하는 것도 아니다. 그것은 그 자체로 삶의 주관성에 발을 디디고 있는 모든 가능성들을 백지 위로 불러 모으는, 텍스트 이전에는 존재하지 않는 현장, 삶의 부정이, 정확하게 말하자면, 결국 삶의 한 방식이라는 사실을 알려주는 표식이다. 알레고리로 마주하게 되는 이 표식은 특히 삶의 우수리와 같은 존재들에게 드리운 시인의 희생 제의를 통해 보다 도드라질 것이다. 그렇다면 타락해가는 세계의 구체적인 얼굴을 볼 수 있는 것은 여기가 아닐까? 폭력이 관철되어나가는 과정에서 고통을 겪거나 고통을 부여하는 사회의 기만적인 행위는 과연 오롯이 폭로되었다고 말할 수 있는 것일까? 완성이나 초월과는 거리가 먼 우리 세계의, 있는 그대로의 민낯과 발가벗은 생명들의 실존은 파편적인 기억에 의존해 재구성될 수밖에 없는 것은 아닐까?

5. 실패의 무의식, 실패라는 나의 무의식

시는 아주 조금만 존재할 수도 있는 것이다.

이접으로, 알레고리로 터져 나온 말은 나를 비추는 거

울이자, 주체할 수 없는 시인의 기질과 그 기질을 끌어 안고 살아야 하는 자의 운명을 말해주는, 특수한 말의 폭발이기도 하다. 김이듬은 자기 삶의 모순을 되비추거나, 씁쓸한 제 꿈을 반사하거나 튕겨내는 나르시스의 거울 놀이에는 관심이 없다. 그는 물음을 던지고 나면, 다시 생겨난 또 다른 상처 때문에, 세계의 거울 앞에서 여전히 피를 흘리고 있는, 제 추하고 비겁한 얼굴을 주시하는 일을 감행하려 한다. 상실되었던 것, 불완전한 전망이 끊임없이 회전하면서, 우리의 삶을 흠뻑 적시고, 사회를 강타하며, 역사를 참칭해나가는, 저 어쩔 수 없는 것들이, 왜 어쩔 수 없는지를 물고 늘어지다가 실패하는 언어가 바로 시적 언어일 것이다.

　　내 마음의 기생은 어디서 왔는가
　　오늘 밤 강가에 머물며 영감(靈感)을 뫼실까 하는 이 심정은
　　영혼이라도 팔아 시 한 줄 얻고 싶은 이 퇴폐를 어찌할까
　　밤마다 칼춤을 추는 나의 유흥은 어느 별에 박힌 유전자인가
　　나는 사채 이자에 묶인 육체과 창녀하고 다를 바 없다

　　나는 기생이다 위독한 어머니를 위해 팔려 간 소녀가 아니다 자발적으로 음란하고 방탕한 감정 창녀다 자다 일

어나 하는 기분으로 토하고 마시고 다시 하는 기분으로 헝
클어진 머리칼을 흔들며 엉망진창 여럿이 분위기를 살리
는 기분으로 뭔가를 쓴다

　　〔……〕

　부스스 펜을 꺼낸다 졸린다 펜을 물고 입술을 넘쳐 잉
크가 번지는 줄 모르고 코를 훌쩍이며 강가에 앉아 뭔가를
쓴다 나는 내가 쓴 시 몇 줄에 묶였다 드디어 시에 결박되
었다고 믿는 미치광이가 되었다

　눈앞에서 마귀가 바지를 내리고
　빨면 시 한 줄 주지
　악마라도 빨고 또 빨고, 계속해서 빨 심정이 된다
　자다가 일어나 밖으로 나와 절박하지 않게 치욕적인 감
정도 없이
　커다란 펜을 문 채 나는 빤다 시가 쏟아질 때까지
　나는 감정 갈보, 시인이라고 소개할 때면 창녀라고 자
백하는 기분이다 조상 중에 자신을 파는 사람은 없었다
'너처럼 나쁜 피가 없었다'고 아버지는 말씀하셨다
　펜을 불끈 쥔 채 부르르 떨었다
　나는 지금 지방 축제가 한창인 달밤에 늙은 천기(賤技)
가 되어 양손에 칼을 들고 춤춘다

　　　　　　　　　　　　　　　　　─「시골 창녀」부분

시인으로 살아가는 삶은 어떤 삶일까? 시인의 운명은 어떻게 스스로에게 스스로가 부과한 죄의식으로부터 생성되고 또 결정되는 것일까? 제 스스로가 스스로에게 형벌을 내린 자만이 시인이라는 것일까? 요설은 아니다. 그의 시에 흐르는 이상한 혈류는 속죄 의식, 그러니까 우수리와 더불어 치러내는, 어떤 희생 제의에 가깝다. "늙은 천기(賤技)가 되어 양손에 칼을 들고 춤춘다"는 말로 시인이 제 시를 마감하려 할 때, 시인이 제 손에 쥐어진 것이 펜이라면, 시인의 피에 흐르는 '기생'과 '창녀'가 고요해지고 잠들 때까지, 계속해서 써 내려갈 때만, 비로소 시인이 될 수 있는 것은 아닐까? 이러한 물음은 이제 사치에 가까울 수도 있다. 계속 시를 써 내려갈 힘은, 세련된 양식과 눌어붙은 통념을 거부할 때 주어지는, 그러한 일로 현실의 기저로 파고들어 벌써 기이한 방식의 사실주의를 노정할 때 생겨난다는 사실을 김이듬의 시집을 읽고서 우리는 알게 되었기 때문이다. 이것이라고 믿으려 하는 순간, 그의 시는 벌써 다른 곳으로 이행을 서두르며, 저것이라고 무언가를 확정지으려는 순간, 지금-여기의 두께와 깊이를 확장하는 일에 우리는 어느덧 동참하게 된다. 그의 시에서 사유는 제 깊이를 잃은 적이 없는 데, 그것은 이 '사유'를 이끌고 나가는 말이 날렵하면서도 진지하고, 경쾌하면서도 묵직한 운동 속에서 쉴 새 없이 갱신되고 있기 때문이다.

아아, 나에게는 말해야 하는 최후의 것이 없다. 누가 있겠는가, 누가 누구의 문을 끝없이 두드리겠는가.

—「해변의 문지기」 부분

그의 시집은 누가 주체이고 누가 타자인지 면밀히 캐물으며, 중심을 이전하는 운동을 만들어내는, 변두리에서 그려낸 우리의 일그러진 초상화이자, 산술적으로 더해진 언표의 차원에 제 말의 가능성을 묶어두는 것이 아니라, 문장을 곱해나감으로써 새로이 개척해내는 감수성의 발화이다. 김이듬에게 시인이란, 내 존재 밖에 위치한 타자와 우리 안에 있는 타자를 발견하는 일을 게을리 하지 않는 자이며, 그 과정에서 내 안의 나와 대면하려는 용기를 꺼내든 자이다. 타자에게 기대를 건다는 것은 타자에게 내기를 건다는 것이며, 저 알 수 없는 내기에서 김이듬만큼 힘차게 밀고 나간 시인도 많지 않을 것이다. 일상의 삶들을 일상적이지 않은 방식으로 투척한 독특한 방식이 김이듬 시가 보여준 활력이자 새로움이라면, 그 중심에는 이접과 알레고리를 통해 투척해낸 구문의 모험과 그 특수성이 자리한다고 우리는 말했다. 그의 언어는 삶에서 일어나고 있는 근원적인 체험들을 시련으로 환대하기 위해, 삶의 저변을 파고든, 깊이의 소산이자, 그 너머와 아래를 탐사하기 위해, 우리가 모르는 곳까지 말을 끌어 올리거나 하염없이 낮추며, 그 가능성을 확장해나간, 고갈되지 않는 현실의 샘물이다. 그의 말은 제 자의식을 확장해나가는 바로 그만큼 미지의 형상을 우리 곁에 내려놓을 것이다.▨